W0330194

Lilian Green

Die verbotenen Früchte der Wollust

1. Auflage Mai 2007
Titelfoto: Magic Zyks – www.magiczyks.de
Umschlaggestaltung: Ubooks

©opyright by Lilian Green 2007
Lektorat: Andreas Mayerle

ISBN-10: 3-86608-062-X
ISBN-13: 978-3-86608-062-1

Alle Rechte vorbehalten.
Ein Nachdruck oder eine andere
Verwertung ist nur mit schriftlicher
Genehmigung des Verlags gestattet.

Ubooks-Verlag
Dieselstr. 1
86420 Diedorf

www.ubooks.de

Inhaltsverzeichnis

Flower

Now scented with lilies the gentle breeze whispers
(The storm hath finally come to an end,
Whilst the angels in heaven, whither pure souls ascend)
Light a white candle for my brothers and sisters

So tempting, thy lips that I still devour
(So sweet, the draught dripping down velvet thighs
And enchanting, the look of thy satin eyes)
Still reflecting the beauty of a silent flower

Dost thou not feel Venus's overflowing chalice
Leaving its purple-coloured stains
On trembling limbs of ivory
and pounding violet veins?

Never have I seen a gleaming hall nor marble palace
That could withstand the kiss divine,
Bearing the taste of bitter-sweetened,
blissful and elysian wine.

Malèna

Manche behaupten, jeder von uns hüte ein unausgesprochenes Geheimnis. Ein dunkelrotes, scharlachfarbenes Verlangen, qualvoll wie ein Versprechen, das niemals eingelöst wurde. Sie sagen, es sei von Anfang an in uns – das lodernde Mal der Verführung, fiebrig und sündhaft, tief in unserem Fleisch. Unsichtbar für die Augen, und doch flammend wie die weiße Glut des Wahnsinns in den Leibern jener, denen die Erfüllung ihres sehnlichsten Wunschs verwehrt bleibt.

Sie sagen, der Anblick wahrer Schönheit schmerzt. Es ist die Wahrheit.

Meine Verführung trägt einen edlen Namen. Und mein Geheimnis besitzt ein Gesicht, einen Körper von schamloser Anmut und Schönheit – so unglaublich nah, und doch so unerreichbar weit entfernt.

Mein uneingelöstes Versprechen ist ... Malèna.

Malèna d'Orsini, meine Schwester.

●●●

Alles begann in den Morgenstunden des 16. Mai 1672. Ich kann das mit Gewissheit sagen, denn nichts bleibt gegenwärtiger in uns als jene seltenen Augenblicke, in denen sich das Schicksal für eine unbegreifliche Sekunde zu uns herabneigt. Für die flüchtige Dauer eines Wimpernschlags, um unsere Lippen mit einem Kuss zu benetzen. Ein Kuss, so süß wie goldener Honig und zugleich von unsagbarer Bitterkeit. Nur ein leichter Mandelhauch von Belladonna, der auf der Haut zurückbleibt, um uns in Euphorie und unterschwelligen Schrecken gleichermaßen zu versetzen ...

Gemeinsam mit unseren Eltern verließen wir den Palazzo d'Orsini in Città di Castello, um der heiligen Messe in der alehrwürdigen Kirche Santa Maria Nuova beizuwohnen. Gleißendes Sonnenlicht umfing uns, und der dunkle, melodische Klang des Glockengeläuts war an jenem frühsommerlichen Morgen unser treuer Begleiter durch das enge Gespinst der Häusergassen, die in bläuliche Schatten eingebettet lagen.

Die Luft hatte sich trotz der frühen Stunde schon spürbar erhitzt, und der würzige Geruch der Wildkräuter und Gräser wurde von den umliegenden Hügeln und Feldern zur Stadt herübergeweht. Dort vermischte er sich mit dem penetranten Odeur der Gosse, in dem sich die Inhalte der Nachttöpfe zu einem eigenwilligen Gebräu vermengt hatten.

Wohin ich auch blickte, glitzerten Dutzende von Miniatursonnen. Das Licht brach sich spielerisch in den Rautenmustern der Butzenscheiben, reflektierte in den Wasserpfützen an der Fontanella und legte sich wie ein schwermütiger, irisierender Flor um das hocherhobene Haupt meiner Schwester. Ein jäher Windhauch trieb mir den Duft ihres seidig schimmernden Haars in die Nase.

In einem Zustand angespannter Erwartung und unerklärlicher nervöser Erregung schienen meine Sinne, meine Wahrnehmung an jenem Morgen klarer, schärfer und präziser zu arbeiten als üblich. Überdeutlich prägten sich meine Empfindungen, prägten sich sämtliche Sinneseindrücke in all ihrer atmenden, schwitzenden und ausgelassen pulsierenden Lebendigkeit unauslöschlich in mein Gedächtnis ein.

Mit gemessenen Schritten gingen wir die abgewetzten Treppenstufen hinab, weiter durch den Torweg, der zur Piazza di Sopra führt, und mein irritierter Blick glitt über die Familienwappen an den Fensterrahmen, die hölzernen Fensterläden und die geschwungenen Balustraden der Adelshäuser. In der Ferne, vor dem tiefblauen Hintergrund eines wolkenlosen Himmels, thronte auf einem felsigen Hügel voller Olivenbäume das Castello di Selci, wo die Herrschaftsfamilie Vitelli residierte, und schien argwöhnisch jeden unserer Schritte zu belauern.

Kaum dass wir aus der Hitze des erglühenden Tages in das Innere der Kirche getreten waren, als uns die eisige, schwere und weihrauchgeschwängerte Kühle entgegenschlug, die innerhalb des Mauerwerks vorherrschte. Ein plötzlicher Schauer überlief mich und ich kniff widerwillig die Augen zusammen, da ich vorübergehend so gut wie erblindete. Es dauerte einen kurzen Moment, bis sich die Augen nach der grellen Helligkeit der Straße an die allgegenwärtige, von Kerzen illuminierte Dämmerung gewöhnten, die zwischen den hohen Säulen und Heiligenstatuen ins Mittelschiff der Kirche eingesickert war.

Als ich meine Augen wieder öffnete und die schemenhaften Umrisse endlich wieder an Kontur gewannen, sah ich sie. Ich sah sie, wie ich sie nie zuvor gesehen hatte: Maria Maddalena d'Orsini – eine verführerische Madonna von strahlender Anmut und Grazie.

Mit einem Mal glaubte ich, ein schattenhaftes Huschen am Rande des Blickfelds wahrzunehmen – wie ein Riss, der blitzartig durch die Wirklichkeit verlief. So, als wäre die vertraute Welt, die wir alle kannten, um eine Winzigkeit zur Seite verrückt worden.

Unverwandt erwiderte meine Schwester meinen Blick. Dann lächelte sie ... auf eine sonderbare, hintergründige, ja wissende Weise. Und ich spürte, wie mir das Blut vom Herzen fort- und schwindelerregend in den Kopf strömte.

Malèna hatte ihr schwarzes Haar mit vielen Nadeln aufgetürmt und zu einer kunstvollen Frisur hochgesteckt. Während sie andächtig das Haupt gesenkt hielt, so wie ich es auch tat, beobachtete ich ebenso verstohlen wie aufgeregt ihre makellose Gestalt und hoffte, dass mein Vater es nicht bemerken würde, wie offensichtlich ich die Predigt des Pfarrers ignorierte.

Aber ich hatte nur noch Augen für meine Schwester, die neben mir saß. Diese verlockende, aufregende Schönheit, die ganz einer Traumwelt entsprungen zu sein schien. Bewundernd musterte ich ihre glatte, vornehm weiß gepuderte Haut, unter der sich hier und da der purpurne Verlauf ihrer Adern abzeichnete.

Da war dieses dumpfe Pochen an ihrem Hals, ein unruhiges, begehrendes Pulsieren in der kleinen Höhlung, eine Handbreit oberhalb des Dekolletés. Und da war Malènas sanft nach oben geschwungene normannische Nase, die ihr eine Unnahbarkeit und Noblesse verlieh und mich, ebenso wie der ewig spöttische Ausdruck ihres roten Kirschmündchens und der neckische Schönheitsfleck neben den hübsch aufgeworfenen Lippen, völlig rasend machen wollte.

Der unergründliche Blick dieser katzenhaften, mandelförmigen Augen. Der pralle, üppige Busen, der vom eng geschnürten Mieder beinahe aus dem Korsett gepresst wurde, sodass man zarte Andeutungen der dunklen Höfe erkennen konnte, die ihre Brustwarzen umgaben. Meine Phantasie trieb meinen ohnehin aufgebrachten Puls voran. Es fehlte nicht viel, malte ich mir in Gedanken aus, und ihre karminroten Knospen würden vollständig sichtbar werden.

Das Gemälde eines flämischen Malers kam mir plötzlich in den Sinn: Es zeigte den in Ketten liegenden Cimon, dazu verurteilt, elendig im Kerker zu verhungern. Doch seine hübsche Tochter Pero errettete ihren Vater vor dem Hungertod, indem sie ihn mit der Muttermilch ihrer Brüste ernährte. Eine Szene, die mir eindringlich im Gedächtnis geblieben war – und nun, angesichts des vollen und straffen Busens meiner Schwester, meine Imagination beflügelte.

Wie es wohl aussehen mochte, wenn tropfenförmige, milchig weiße Tränen aus ihren fleischigen Knospen hervorspritzen würden, aufgefangen durch meine unruhige, begierige Zunge? Wie es sich anfühlen würde, wenn das helle Nass ihres jungen Körpers sich über mich ergoss und den Geschmack ihrer heißen Säfte in meinem Mund ausbreitete?

Ich konnte sehen, wie schwer sie atmete. Wie ihre wogenden Brüste sich regelmäßig hoben und senkten. Manches Mal stieß sie die Luft so heftig aus den erbebenden Nasenflügeln, dass der hauchzarte, durchsichtige Schleier wehte, hinter dem sie ihr anbetungswürdiges Engelsgesicht verbarg.

Meine Gedanken überschlugen sich, tasteten sich unter dem ausladenden Reifrock, unter den vielen Volants, der Florentiner Spitze und den verspielten Rüschen voran. Sie wühlten sich durch die Falten und Zipfel der Stoffe, um über ihre Haut zu streicheln, ihre Wärme zu spüren, ihren Geruch einzuatmen und endgültig ihre fragile Weiblichkeit, das dunkle Heiligtum zwischen ihren Schenkeln zu ergründen ...

Jetzt erst bemerkte ich Malènas lasziven Blick auf mir ruhen und zuckte zusammen, wie ein ertappter Sünder ... der ich war. Ihre dunkel glitzernde Zunge fuhr aufreizend langsam über die Oberlippe, was ich trotz des Schleiers sehen konnte. Sie straffte ihren Leib, und wie zufällig, so, als wolle sie nur eine Unebenheit ihres Kleides glattstreichen, wanderte ihre rechte Hand über den Stoff an ihrer Seite. Die Fingerspitzen streiften die berauschende Wölbung ihres Busens und zogen dabei das Kleid um eine Winzigkeit tiefer. Für eine winzige, atemlose Sekunde nur entblößte sie dabei die verheißungsvolle Knospe ihrer rechten Brust! Eine taubenblutrote Krone inmitten eines schneebedeckten Hügels von sinnlichem Ebenmaß ...

Ich blickte rasch auf die breiten Schnallen meiner Schuhe zurück, während der Stoff ihres Kleids längst wieder alles so bedeckte wie zuvor.

Großer Gott! Wie lange schon hatte ich mich dem hingegeben? Wie lange hatte ich meine eigene Schwester begafft, als wäre sie eine wollüstige Hure, während in der Zwischenzeit auch sie mich auf diese sonderbare, beunruhigende, mehr als bloß neugierige Weise betrachtet hatte?

Waren meine lüsternen und sündhaften Gedanken denn so einfach von meinem Gesicht abzulesen? Oder hatte Malèna das Zweite Gesicht, dass sie so mühelos in mein Innerstes blicken konnte?

Ich schluckte schwer und richtete meinen Blick auf ein Gemälde rechts vom Altar – es zeigte Maria Magdalena.

Und hinter ihrem Schleier lächelte die süße Malèna ... sphinxhaft, spöttisch, anzüglich und verdorben.

●●●

«Sag, Niccolò», hauchte Malèna mir leise zu und zog mich in einen unbeleuchteten Seitenarm, der von der Galerie wegführte und in gespenstischem Halblicht vor uns lag, «wie gefalle ich dir?»

Es war am Abend desselben Tages. Im Palazzo d'Orsini sollte ein großer Ball stattfinden, und zahlreiche Gäste waren geladen. Meine zauberhafte Schwester hatte sich zu diesem Anlass außergewöhnlich, extravagant hergerichtet – und ich musste mich bei ihrem hinreißenden Anblick immer wieder dazu ermahnen, ruhig und regelmäßig weiterzuatmen.

«Die Gäste werden von dir begeistert sein, Malèna! So hübsch, wie du dich –»

«Niccolò, das ist es nicht, was ich wissen will!», fiel sie mir ins Wort.

Der Klang ihrer Stimme, wann immer sie meinen Namen aussprach, ließ mir die Sinne schwinden. Ich versuchte zu antworten: «Ich ...»

Wo sind nur all die Worte geblieben, die ich dir schon immer sagen wollte, geliebte Schwester? Ich kann sie nicht finden! All die Dinge, die ich für einen Moment wie diesen aufgespart habe!

«Nun ... du bist meine Schwester, natürlich gefällst du –»

«Nico, die Schwester ist dir lieb und teuer, das weiß ich.» Malènas samtige Stimme nahm einen eigenartigen, säuselnden Tonfall an, wurde leiser und schließlich hauchte sie nur noch: «Aber die Frau? Könnte die Frau, die ich auch bin, dir jemals gefallen?»

Mein Hals war plötzlich wie ausgetrocknet, Hitze stieg mir ins Gesicht – und während Malèna mir näher und näher kam, bemerkte ich, wie sich meine Männlichkeit regte, anschwoll, wuchs und versteifte.

«Ich ...» Das war alles, was ich angesichts der atemberaubenden Schönheit vor mir hervorbrachte.

Meine Schwester lachte leise, presste mich gegen die Wand und näherte sich mit dem Mund meinem Ohr. Dann wisperte sie: «O Niccolò, es scheint, als müsste ich dir die Entscheidung ein wenig erleichtern ...»

Ich fühlte ihren heißen Atem auf meiner Haut und verspürte mit einem Mal einen sanften Schmerz, als sich ihre Zähne liebkosend in mein Ohrläppchen gruben. Ihre Hände tasteten nach meinem Gesicht, und schon presste sie mir ihren warmen, liebeshungrigen Mund auf die Lippen!

«Malèna ... aber der Ball ...», stammelte ich ungläubig.

«Sag jetzt nichts, Niccolò. Sag jetzt bitte nichts.»

Ihre Küsse wurden fordernder. Malènas Zunge drang schlängelnd in meinen Mund ein, wie ein eigenständiges, lebendes Wesen, und ihre Hände tasteten entschlossen weiter nach unten, gruben sich gierig zwischen meine Beine. Es hatte keinen Zweck, es vor ihr zu leugnen. Die wilde Lust, die sie schon längst in mir entfacht hatte, war überdeutlich zu erkennen – und vor allen Dingen zu ertasten!

Die feingliedrigen, äußerst geschickten Finger meiner Schwester schlüpften mir in den Stoff der Hose und schlossen sich besitzergreifend um mein erzitterndes Liebeszepter, als wäre es das Normalste von der Welt!

«Ich wusste doch, dass du der Hüter eines kostbaren Schatzes bist!», zischte sie lüstern, ging vor mir in die Knie und befreite meine sehnsuchtsvollen Juwelen aus ihrem beengten Verlies. «Aber ich werde ihn dir stehlen, Tropfen für Tropfen ...»

Dann verspürte ich ihre warme Zunge über mein zuckendes und heftig pulsierendes Fleisch gleiten: der todbringende Kuss eines Sukkubus. Ich erstarrte unter der intensiven Berührung zur Reglosigkeit, wie vom Bannfluch einer Magierin getroffen.

Erst als mir Malènas Stimme aus einiger Entfernung «Niccolò! Die Gäste! Wir wollen sie doch nicht unnötig warten lassen!» zurief, erwachte ich aus dem luziden Wahrtraum und brachte rasch meine Beinkleider wieder in Ordnung.

Wie grausam Malèna war! Mir ein verführerisches Versprechen zu geben, eine Ahnung künftiger Wonnen, und dann – entschwand sie einfach, kalt lächelnd, ohne ihren leidenschaftlichen Liebeseid an mir zu erfüllen!

Der hochgewachsene Mann flüsterte Malèna eine geheimnisvolle lateinische Losung zu, nachdem wir uns in die Menge der Tanzenden eingereiht hatten, die sich zu den Klängen einer Sarabande durch den großen Spiegelsaal bewegten. Festlich ausstaffierte Damen in gewaltigen Reifröcken, eng geschnürten Miedern, und vornehme Herren, die Gesichter weiß geschminkt, ihre weibischen Münder durch grelles Rot übertrieben betont.

Überall funkelnde Ohr- und Fingerringe, Perlenketten, Glacéhandschuhe und nicht zuletzt turmhohe, von dicken Puderschichten bedeckte Allonge-Perücken, die in vornehmen Kreisen ‹de rigueur› waren. Wie üblich trugen alle Gäste, ob weiblich oder männlich, eine geheimnisvolle weiße Halbmaske, sodass nicht zu erkennen war, wer sich dahinter verbarg.

‹Heute Nacht, wie gewöhnlich›, bedeutete die lateinische Losung übersetzt, die der Fremde Malèna zugeraunt hatte. Und Malèna hatte flüsternd mit derselben Losung geantwortet. Beide hatten so leise wie irgend möglich gesprochen, und doch hatte ich durch Zufall jedes einzelne Wort deutlich vernommen.

Fieberhaft überlegte ich, was der Edelmann Malèna mit diesen Worten hatte mitteilen wollen? Ich beschloss, mein verdorbenes Schwesterlein, das mir mit einem unschuldigen Lächeln, einem Handgriff und ihrem feurigen Zungenschlag den Verstand vollends in kreiselartige Rotationen versetzt hatte, besser im Auge zu behalten.

Unter einem Vorwand zog ich mich bald zurück und schlich, einer vagen Ahnung folgend, in das stille Gemach meiner Schwester. Ohne ein Licht zu entzünden, wartete ich in blauschwarze Dunkelheit getaucht auf ihr Erscheinen.

Meine innere Stimme hatte mich nicht getrogen: Es dauerte nicht lange, bis sich die Tür ihres Gemachs öffnete und die vertraute Silhouette der Geliebten im Türspalt erschien.

«Wie?», hörte ich ihre leise wispernde Stimme. „Ihr seid schon hier? Aber, wie kann das sein? Eben sah ich noch, wie Ihr die Contessa di Livorno zum Tanz –»

«Ja, ich bin schon hier», erwiderte ich sanft, nahm meine Maske ab und ging auf sie zu. Sie ließ die Tür lauter als beabsichtigt ins Schloss fallen, so erschrocken war sie, als sie erkannte, wer hier auf sie gewartet hatte.

«Niccolò! Hast du den Verstand verloren?! Was tust du hier zu dieser Stunde?»

«Ja!», rief ich, küsste und umarmte Malèna leidenschaftlich. «Ich habe den Verstand verloren! Endgültig! Ich bin süchtig nach dir, Malèna! Schwester, Geliebte! Du musst mich anhören! Ich –»

«Dafür ist jetzt keine Zeit! Er darf dich auf gar keinen Fall hier bei mir entdecken! Sonst wird ein Unglück geschehen!»

«Wer ist es?», erwiderte ich in aufwallendem Zorn. «Ich werde ihn in Stücke schlagen!»

«Nein! Du musst sofort von hier verschwinden! O Gott –» Ihre Stimme begann zu zittern. «Es ist bereits zu spät! Ich höre seine Schritte nahen! – Nico, du musst dich verstecken! Rasch! In das Kabinett! Und du wirst keinen Laut von dir geben, verstehst du mich?! Egal, was hier gleich geschieht! Schwöre es mir!»

Mit diesen Worten zog sie mich rasch beiseite, öffnete mit einer Hand die verspiegelte Tür eines Seitenkabinetts und drängte mich hinein.

«Schwöre es!», zischte sie.

«Ich werde schweigen! Ich schwöre es dir!», das war alles, was ich noch sagen konnte, als sie das Kabinett auch schon verschloss und ich hörte, wie sich die Tür ihres Zimmers ein weiteres Mal öffnete. Es war nicht nötig, dass ich sah, wer dort erschien. Ich wusste, dass er es sein würde! Der fremde Edelmann, der mit ihr getanzt hatte. Glühende Eifersucht machte mich rasend, quälte mich – aber ich hatte meiner Liebsten mein Wort gegeben. Und ich würde es halten, so schwer es mir auch fallen mochte.

Es wurden nur wenige gedämpfte Worte gewechselt, die ich aus meinem Versteck heraus nicht verstehen konnte, dann aber vernahm ich plötzlich die Stimme Malènas, die aufgebracht rief: «Nein, bitte! Kein Licht!»

Und dann die Stimme des Fremden: «Ich bestehe darauf! Ich will deinen gespaltenen Hinterschinken wackeln sehen, während ich ihn dir kräftig durchstoße!»

Nach und nach wurden in Malènas Gemach Kerzen entzündet. Der milde Lichtschein enthüllte ihr wunderschönes Himmelbett – und die beiden ungleichen Gestalten, die sich davor befanden. Und ich fragte mich für eine Sekunde verblüfft, weshalb ich hier, hinter der verschlossenen Tür des Kabinetts, dies eigentlich sehen konnte?

Dann begriff ich: der Spiegel der Kabinetttür! Es war ein Spionspiegel, von vorne betrachtet nicht von anderen Spiegeln zu unterscheiden, von der Rückseite her aber durchsichtig wie gewöhnliches Glas! Durch eine sonderbare Verquickung der Umstände sollte ich nun also zum Zeugen eines aufregenden Schauspiels werden.

Der Fremde setzte sich breitbeinig auf das Bett, zog sein Geschlecht aus der Hose hervor, und neidlos musste ich anerkennen, dass dieser Mann prächtig gebaut war. An der Zeugungskraft des geschwollenen Schweifs und des darunter befindlichen, eindrucksvoll anzusehenden Gehänges zweifelte ich keine Sekunde.

Ohne dass ich mir diese körperliche Reaktion weiter erklären konnte, spürte ich plötzlich, wie sich beim Anblick des erigierten Schafts auch zwischen meinen Schenkeln etwas zu regen begann.

Der Maskierte machte eine herrische Bewegung – und Malèna kniete sich widerstandslos vor ihn hin, versperrte mir somit den Blick auf das Geschehen, das ich mir jedoch durch die sanft auf- und niederfahrenden Bewegungen ihres Kopfes leicht zusammenreimen konnte.

«Los jetzt!», fuhr der Fremde sie an. «Zeig mir deinen Popo!»

Malèna hielt kurz inne und warf einen beunruhigten Blick über die Schulter auf den großen Spiegel, dessen Geheimnis sie sicher kannte. Es schien ihr erst jetzt bewusst zu werden, dass sie und der maskierte Fremde sich darin nicht nur spiegelten, sondern dahinter auch einen unfreiwilligen Beobachter hatten.

«Hör nicht auf», sagte der Mann. «Lass mich einfach nur sehen, was du unter deinem Kleidchen verbirgst!»

Malèna neigte erneut den Kopf, und ich fühlte noch einmal die wärmenden, feuchten Berührungen ihrer Zunge und Lippen an meinem Liebesstab – der honigsüße Schwestermund, der sich jetzt mit dem angeschwollenen Phallus eines anderen vergnügte. Dann streckte sie, ohne mit ihren erregenden Bemühungen nachzulassen, die Hände nach hinten und raffte ihre Kleider so, dass jäh ihr nacktes, völlig entblößtes Hinterteil sichtbar wurde! Unwillkürlich hatte sich eine meiner Hände um das erwachende Fleisch meines Penis' geschlossen und begann wie von selbst mit sanft melkenden Bewegungen, während ich den überirdisch schönen, faszinierenden, überwältigenden Anblick förmlich in mich hineinsaugte!

Der nackte Popo meiner eigenen Schwester, was für ein Anblick! Ich spürte bereits, wie die Milch meiner Lenden in mir emporstieg. Auf der Stelle wollte ich meine Lust in die Enge des Kabinetts ergießen! Wollte Malèna damit überfluten, darin ertränken, bis sie vor Qual, Erregung und Wonne nach Luft schnappte!

Die marmorweiße Haut Malènas spannte sich über die einander zugeneigten Halbmonde ihres aufregenden Mädchenarsches – sanft erbebende, pralle Rundungen, unter denen jeweils eine angedeutete Falte zitterte. Und der schummrige Kerzenschein verdunkelte noch den geheimnisvollen, schattigen Abgrund, der beide Hälften des Schwesterschinkens trennte. Darunter sah ich ihre langen schlanken Beine, die halterlosen Strümpfe, die ihr bis über die Oberschenkel reichten.

«Nein!», beschwerte sich der Freier. «Ich will alles sehen, verstehst du? Alles!»

Malèna kam der Aufforderung nach. Ihre beiden Hände gruben sich ins Fleisch ihrer erregenden Hinterbacken und spreizten sie jetzt langsam und aufreizend auseinander.

Der Griff der Finger um meinen Schaft verstärkte sich. Ich begann schneller zu melken. Ungeniert präsentierte mir Malèna die wollüstigen Öffnungen ihres Körpers, die sich bislang in ihr schattiges Versteck geduckt hatten! O, wie sehnte ich mich danach, mich mit der geliebten Schwester zu vereinigen! Ihr meine berstende Lust in die rosige Enge ihres Hinterns zu treiben, die länglich geformten Venusblätter ihrer Liebeslilie zu spalten! Mich im alles verschlingenden Blütenkelch ihres sinnlichen Kussmundes zu entladen!

Stattdessen war der Vollzug der Lust einem andern vergönnt, der sich nun auch nicht mehr lange bitten ließ. Zielstrebig zog er die Nymphe mit kräftigen Händen zu sich aufs Bett, ohne dass er seine Stellung dabei veränderte.

Wie es schien, legte er besonderen Wert darauf, im Spiegel die Schande auch zu sehen, die er meiner göttlichen Schwester antat. Wie unglaublich mir das alles erschien! Meine Malèna, ein Phantom im Spiegel, schwebend zwischen zwei Männern, die sich an ihrem knackigen Mädchenpopo ergötzten, der nur als fernes Abbild existierte.

Ich sah, wie sich die kraftvolle Männerhand zwischen ihre Schenkel schob, wie seine Finger das fiebrige Sekret ihrer Liebesmuschel über die verführerisch enge Hinteröffnung verteilten und dann nach seinem erhitzten Schaft tasteten. Mit einem entsetzlich harten Ruck drang er durch die kleine Öffnung zwischen den prallen Pobacken in sie ein, spießte sie mit seiner rotglühenden Liebeslanze auf und verursachte ihr Schauer der Lust und der Pein zugleich. Dabei hielt er ihre Kleider hoch.

Malèna schrie leise auf, doch der Barbar nahm keine Rücksicht auf sie, schändete ihre intimste Körperöffnung, penetrierte ihr weiches Fleisch mit stampfenden Bewegungen.

Mit weit aufgerissenen Augen starrte ich auf das fiebrige Schauspiel. Sein Gehänge wurde wild auf und ab geschaukelt, klatschte ihr gegen die fleischigen, geröteten Hinterbacken, während er die dunkelste Höhlung ihres jungen Körpers von innen massierte, dass es nur so eine Lust war, den beiden zuzusehen!

Malèna stöhnte, keuchte, stieß spitze Schreie aus, ritt den entfesselten Hengstschweif mit der Meisterschaft der verdorbensten Kurtisanen, presste die Gesäßmuskeln in rhythmischen Intervallen zusammen, um die eigene und auch die Lust ihres Liebhabers noch zu steigern. Mit der Hand ahmte ich keuchend die Kontraktionen an mir selbst nach, um wenigstens erahnen zu können, was für ein Gefühl es sein musste, wenn der Penis des Bruders vom Anus der Schwester fest umschlossen und abgemolken wurde.

Wie es wohl sein würde, Blutschande zu begehen, mich dem Fluch des Inzestes hinzugeben und diese atemberaubende Schönheit, Malèna, körperlich zu lieben, wie es noch nie ein Mann zuvor getan hatte!

Noch während ich diesen Gedanken formte, spürte ich, dass ich es nicht mehr länger aushalten konnte! Ohne mich dagegen aufzulehnen, ließ ich es geschehen:

Ich vernahm das leise Geräusch, das es verursachte, während mein Leib sich unter heftigen Zuckungen entlud. Ein kaum hörbares, wiederkehrend feuchtes Geräusch, das sich unter mein gewaltsam unterdrücktes Stöhnen mischte – und unsagbare Schauer übermannten mich mit Urgewalt!

Wieder stieß der Fremde zu.

«Ja! Fester! Noch einmal! Gib es mir, alles!», rief Malèna aus. «O bitte! Gib es mir!» Sie lehnte sich aufstöhnend zurück, gab sich ihm ganz hin. Sie bog den Rücken durch und blickte mit verdrehten Augen kopfüber in den Spiegel, gehalten von den kräftigen Händen des Maskierten, der nicht daran zu denken schien, jemals seinen Saft in sie hineinzupumpen.

Aber ich, ich tat es! Wollte es nicht länger zurückhalten, hörte von irgendwoher Malènas lüstern fiebernde Stimme und starrte dabei unter fliehenden Wimpernschlägen auf sie, die unerreichbare Maria Maddalena d'Orsini, die unter einem Hagel explodierender Sterne verschwand – «Ja! Weiter! Hör nicht auf!» –, dann wieder auftauchte, mich lüstern anlächelte – «Komm, tiefer! Nimm mich! Härter! Aaahh ... ja, steck ihn mir rein!» –, die inmitten der Kirche ihre gewaltigen Brüste vor mir entblößte, mich auf der Galerie mit Zunge und Zähnen zu verschlingen drohte – «Sag mir, dass ich deine dreckige kleine Hure bin! Los, sag es!» –, die mir keuchend und schwitzend ihren entblößten, aufregenden Arsch unter die Nase hielt. – «Deine dreckige, stinkende Scheißhure! Ich will es hören!»

Malèna, die das steil aufgerichtete Fleisch des Fremden zuschanden ritt, bis es sich in ein berstendes Kanonenrohr aus geschwollenen Adern und Liebessäften verwandelte! – «Ooah ... ja, fick mich in meinen geilen Jungfrauenarsch!»

Ihre grünen Katzenaugen funkelten mich an, als könne auch sie mich sehen. Wie ich ihre samtige schwarze Haarflut bewunderte. Wie ich gierig ihren Geruch in mich hineinsog. Wie ich das gewalttätige Auf und Ab ihrer wippenden Arschbacken verfolgte. Und all das angestaute Begehren nach meiner eigenen Schwester sich endgültig entlud!

Dann schließlich schien auch der fremde Galan sich nicht länger zurückhalten zu können, zog seinen Schweif urplötzlich aus Malènas bebendem Popo heraus und ergoss die kochend heiße Milch seiner Juwelen über die weit auseinander gespreizten Fleischhügel meiner Schwester, zwischen denen jetzt ein geweitetes Loch in leuchtendem Tizianrot klaffte: das schillernde und glänzende Siegel einer vollendeten Analhure.

Maria Maddalena, geliebtes Schwesterlein ... diesen unglaublichen Anblick werde ich nie, nie wieder vergessen.

•••

Einige Tage vergingen, bis wir, Malèna und ich, uns in einer kleinen, vierspännigen Kutsche wiederfanden, um zum Tiberino-See hinauszufahren.

Inmitten des Sees lagen viele idyllische grüne Inselchen, doch ich will nicht lügen: Die Schönheiten der erblühenden Natur scherten mich einen feuchten Kehricht. Alles, woran ich überhaupt noch denken konnte, war jene lüsterne, verschwitzte und sündhafte Ballnacht. Und wie es mir endlich gelingen könnte, Malèna zu verführen. Die abgeschiedenen Buchten dieser dicht bewachsenen Inseln schienen mir dafür ein äußerst passender und anregender Ort zu sein.

Der maskierte Liebhaber war in jener Nacht rasch verschwunden, ohne sein Inkognito zu lüften, und meine Schwester hatte mich bald darauf aus meinem Versteck befreit, ohne jedoch auch nur ein Wort über das Geschehene zu verlieren. «Besser, du gehst jetzt», war alles, was sie gesagt hatte.

Bis zu diesem Tag war die Identität des liebestollen und äußerst potenten Fremden das am strengsten gehütete Geheimnis innerhalb des Palazzo d'Orsini.

Gerade als sich unsere Equipage in Bewegung setzen wollte, kam plötzlich ein Diener herbeigeeilt und winkte uns. Er hielt einen Brief in der Hand. Eine Mitteilung unseres Vaters, wie der Lakai uns atemlos zurief und dann Malèna das zusammengefaltete Pergament übergab.

Es war eine Eigenart unseres Papas, uns stets eine kleine, vertrauliche Mitteilung zuzustecken, wann immer wir den Palazzo verließen – selbst wenn es sich nur um einen kurzen Ausflug in die umliegende Natur handelte. Und so legte Malèna die Nachricht desinteressiert beiseite, die Kutsche nahm Fahrt auf und wir, uns gegenübersitzend, lächelten uns verschwörerisch an, warfen uns verheißungsvolle Blicke zu, die bestätigten, dass wir beide dasselbe dachten und wollten.

Noch ehe wir auch nur in die Nähe des Tiberino-Sees gelangt waren, hatten wir die Vorhänge der Kutsche zugezogen und fielen voller Begehren übereinander her. Und als das Gefährt schließlich langsamer wurde, da wir das Ufer des Sees erreichten, hatte ich mich bereits einmal in Malènas Schoß entladen. Rasch brachten wir unsere Kleidung wieder in Ordnung. Doch der Nachmittag verhieß noch weitere Freuden.

Die Kutsche hielt, ein Diener klappte den Tritt herab und öffnete uns die Tür. Ich ließ Malèna selbstverständlich den Vortritt, folgte ihr schnell und gab ihr dabei einen verstohlenen Klaps auf den Popo.

Ich hatte gerade die Kutsche verlassen, als uns ein jäher Windstoß entgegenschlug und die schriftliche Mitteilung unseres Papas aus dem Inneren des Gefährts herauswirbelte!

«Heda, hiergeblieben!», rief ich ausgelassen und sprang hinter dem Pergament her wie ein kleiner Lausebengel hinter einem Papierdrachen. Immer wieder wollte es mir entwischen, und Malèna lachte herzhaft über meine tollkühnen Sprünge, die mich immer näher aufs Seeufer zutrieben, wohin die Nachricht geweht wurde.

Beinahe schon hatte ich es ergriffen, als es mir abermals entrissen wurde, um schließlich doch noch ins Wasser zu fallen. Augenblicklich verlief die schwarze Tinte des Schriftstücks.

«Halt es fest!», rief Malèna, kam rasch die Uferböschung heruntergelaufen und eilte zu mir. «O wie schade, jetzt konnten wir gar nicht lesen, welch gute Ratschläge Papa uns diesmal wieder mit auf den Weg gegeben hat!», lachte meine Schwester fröhlich.

«Doch, warte! Mit diesem Ast hier kann ich den Brief vielleicht noch erreichen!», rief ich und streckte mich weit vor, meinen Arm durch den Ast verlängert. Und tatsächlich gelang es mir, das verkehrt herum auf dem Wasser treibende Pergament mit dem Holzstöckchen zu wenden und die Buchstaben, wenn sie auch schon leicht verwischt waren, richtig herum vor die Augen zu bekommen.

«Und?», fragte Malèna mit einem eigenartigen Unterton in der Stimme. «Was steht denn da geschrieben, Niccolò? Ich kann es nicht erkennen ...»

Mit einem Schlag fühlte ich alles Blut aus meinem Gesicht weichen und meine Hände begannen unwillkürlich zu zittern, als es mir endlich gelang, die geschwungene Handschrift zu entziffern. Ich ließ den Ast kraftlos fallen und das Pergament davontreiben, neben dem sich unsere Gesichter in den smaragdgrünen Fluten des Sees wie körperlose Wassergeister widerspiegelten. Mein bleiches Antlitz schien versteinert und vollkommen ausdruckslos.

Die Nachricht meines Vaters war in Latein abgefasst worden – und allein für meine Schwester bestimmt gewesen. Sie bestand lediglich aus drei Worten: Noctu pro more – heute Nacht, wie gewöhnlich.

Endlich hatte der rätselhafte, maskierte Liebhaber meiner Schwester das verruchte Geheimnis seiner Identität enthüllt ...

Und im Wasser des Tiberino-Sees lächelte triumphierend das geisterhafte Spiegelbild der süßen Malèna – sphinxhaft, spöttisch, anzüglich ... und verdorben.

Voyeur

Sicher, Sie könnten einwenden, es sei unanständig. Oder Sie könnten sagen, dass es unmoralisch sei. Dass es sich schlichtweg nicht gehört, andere Leute heimlich zu beobachten. Schon gar nicht in diesen prekären Augenblicken hingebungsvoller Intimität, in ihrem gesetzlich zugesicherten Schutzraum, den man Privatsphäre nennt. Wenn diese Menschen untereinander Zärtlichkeiten austauschen oder diese Zärtlichkeiten allein ihrem eigenen Körper zukommen lassen. Wenn sie sich völlig entblößen und sich damit unfreiwillig verwundbar machen, weil sie vielleicht schlichtweg dem Ruf natürlicher Bedürfnisse folgen müssen.

Selbstverständlich könnten Sie hinzufügen, dass es ebenso abartig sei, in diesen Situationen auch noch Fotos von diesen Leuten zu schießen. Dass schon ein gewisser Grad an Perversität bei einem vorhanden sein muss, ein Objektiv auf andere zu richten, während sie all die Dinge tun, die ihnen hochgradig peinlich sein würden, wenn sie sie später veröffentlicht auf Fotopapier, in einer Internet-Bildergalerie oder sogar als Filmaufnahme zu sehen bekämen. Fotos und Filme, die wiederum von Tausenden weiterer heimlicher Voyeure mit gierigen Augen betrachtet würden.

Und dieses illegale Eindringen in die Privatsphäre anderer, das Ausnutzen ihrer Arglosigkeit, wenn sie sich ihrer Schutzhüllen entledigen und den Blick freigeben auf das, was normalerweise hinter der gutbürgerlichen Fassade verborgen bleibt, das finden Sie empörend? Diese erbarmungslose Zurschaustellung von Nacktheit, einzig und allein zu dem Zweck, möglichst vielen anderen ‹Perversen› als Masturbationsvorlage zu dienen, empfinden Sie als widerlich, schmutzig und asozial? Empfinden Sie als Ausdruck allerniedrigsten Niveaus?

Sie könnten darauf beharren, dass solche Leute den gesellschaftlichen Werteverfall und das schleichende Voranschreiten der Deviation verstärken. Sowohl jene, die es sich zu Hause bequem machen, um Bilder und Fotos in Magazinen, Fotos im Internet, DVDs, Videos und immer noch mehr Bilder voller Perversitäten jeglicher Art in sich hineinzusaugen, während eine Hand immer frei bleiben muss, um gleichzeitig das eigene Geschlecht in Stimmung zu bringen. In Stimmung zu halten.

Und erst recht natürlich jene, die das Haus verlassen, hinausgehen in die Welt und ihre versteckten Kameras in öffentlichen Toiletten installieren. Die den Besuch eines Restaurants, Museums oder Hotels zu einem heimlichen Pornodreh werden lassen. Die mit Hilfe von Teleobjektiven als unsichtbarer Geist in die Schlaf- und Wohnräume schweben, um unbescholtenen Kleinbürgern bei ihren privaten Abartigkeiten über die Schulter zu blicken. Die sich aber auch Zugang zu den heißesten Events und In-Partys der Schönen und Reichen verschaffen, auf denen fast genauso große Mengen an Körpersekreten ausgeschieden – und auch ausgetauscht – werden, wie Kokain-Lines durch zusammengerollte Geldscheine in Nasenlöcher gezogen.

Sie fragen sich vielleicht gerade, ob das Wort ‹Sekret› vielleicht in irgendeiner doppelsinnigen Form zum englischen ‹secret› in Beziehung steht, und schreien aufgebracht, dass es absolut verwerflich sei, zugekokste und minderjährige Luxusweibchen dabei zu beobachten, während sie es sich in den Szene-Clubs in alle drei Öffnungen gleichzeitig besorgen lassen. Diese noblen, unzurechnungsfähigen Jet-Set-Töchter der Schickeria mit ihren Vuitton-Handtäschchen, den verzerrten Mündern und chronischem Nasenbluten.

Und wissen Sie was? Vermutlich haben Sie mit jedem einzelnen Einwand sogar völlig Recht.

Aber, was auch immer Sie zu sagen haben, es ist mir so was von unglaublich egal, dass Sie es sich nicht einmal vorstellen können.

Denn, Ihnen und Ihren pädagogisch wertvollen, moralisch einwandfreien und gesellschaftskonformen Bevormundungen Beachtung zu schenken, würde unweigerlich die Konsequenz nach sich ziehen, dass ich ab sofort allein zu Hause bleiben müsste. Allein vor einem hässlichen Computerbildschirm und einer teilnahmslosen Internetsuchmaschine, die mir ohne jede Leidenschaft kleine bunte Bildchen und Filmschnipsel zu jedem nur erdenklichen Begriff auf den Monitor spuckt. Am Ende wollen Sie mir diesen Spaß jetzt auch noch verbieten?

Ich sag Ihnen was: Das ist doch alles schon längst durch. Die ersten Pornobilder habe ich bereits in einem Alter gesehen, das ich Ihnen unmöglich verraten kann – es würde Ihr zartbesaitetes Gutmenschengemüt zu sehr erschüttern.

Wonach sollte ich denn Ihrer Meinung nach im Netz suchen? Nach noch mehr mpegs, avi-files, asf- und wmv-Dateien? Noch mehr jpegs aus dem unendlichen Fundus unanständiger Internetarchive?

Wie, was Harmloses? Okay. Was ‹ganz Normales› halt. Ein Mann, eine Frau. Uuund ... Action! Rein, raus. Fertig. Ist das ‹normal› genug?

Nein, ich sag Ihnen, was das ist: langweilig. So langweilig wie Ihre ständigen Nörgeleien und Einwände. Das ziehen Sie sich vielleicht allenfalls noch als Jugendlicher rein, wenn die ersten Hormone anfangen den Organismus durcheinander zu wirbeln und ein Paar nackter Titten auf einem Zeitschriftencover in der Hose sofort DefCon 3 auslösen. Und ein halb entblößter Knackarsch Code Red. Aber später ... später wollen Sie mehr sehen. Viel mehr.

Willkommen in der bunten Welt der Cumshots, Analdildos, Lesben-Exzesse, BDSM, Femdom- und Fistingabenteuer, im lüsternen Universum immer williger Dreilochstuten, plätschernder Natursektspiele, schmalhüftiger und flachbrüstiger Lolitas, inzestuöser Familientreffen und ausgesprochener Pferdeliebhaberinnen, neben denen Katharina die Große zu einem unschuldigen Schulmädchen verblasst. Schauen Sie sich das besser nicht an. Sie wollen doch nicht all die schönen

Kindheitserinnerungen an ‹Black Beauty›, den ‹Schwarzen Hengst› und ‹Fury› unnötig belasten, nicht wahr?

Und dann? Was wollen Sie sich dann als Nächstes anschauen? Woher den nächsten Kick kriegen? Noch einen draufsetzen, den nächsten Level erreichen? Die völlig übersättigte Lust steigern ... oder überhaupt erst einmal zurückgewinnen? Sie wissen darauf keine Antwort?

Ich schon. Vergessen Sie all diese nutzlosen Bilder. Stürzen Sie sich ins wahre Leben! Das ist genau das, was mir den ultimativen ‹Kick› verschafft. Was meine Neugier entzündet, Adrenalin in meinen Adern entflammt. Nicht bloß auswechselbare Abziehbilder von Menschen, sondern die wahren, echten und unverfälschten Menschen dahinter.

Ich will lebendige Frauen sehen, mit ihrer verschwitzten Haut, dem verwischten Make-up und dem laut aufstöhnenden Mund. Ich will reale Männer, die sich in diese rot geschminkten Münder entladen. Die ihre Lust weiß und feucht auf echten Gesichtern, Brüsten, Haaren und in atmenden, nach Lust, Schweiß und Parfum riechenden Ladys verteilen. Ich bin dabei, wenn sie sich im Liebesrausch total verausgaben. Wenn sie all ihre Hemmungen verlieren. Und ich bin dabei, wenn sie anschließend die Toiletten aufsuchen – Sie glauben ja gar nicht, was sich da für Szenen abspielen!

Und wenn sie am nächsten Tag mit wirren Haarsträhnen, nur mit einem nachlässig übergeworfenen Bademantel auf den Balkon rausgehen, um sich in der Sonne zu wärmen – Sie ahnen es bereits, wer dann ebenfalls schon da ist, um 1A-Paparazzi-Material zu schießen ...

Und ich muss alle nun mal heimlich dabei filmen. Denn die Anwesenheit der Kamera verändert die Leute. Sie kennen das vielleicht. Kaum taucht irgendwo eine Kamera auf, achten alle plötzlich darauf, dass die Sachen und die Haare gut sitzen. Achten darauf, wie sie reden, wie sie sich bewegen. Fangen an zu posieren oder rumzualbern und Grimassen zu schneiden. Und schon kriegen Sie künstliche Leute vor die Linse, die sich künstlich verhalten und sich absichtlich zum

Affen machen. Aber diese grottenschlechten, unglaubwürdigen Schauspieldarbietungen interessieren mich nicht. Ich will schließlich wissen, wie sie wirklich sind. Will wissen, wie sie sich aufführen, wenn sie sich ungestört und unbeobachtet glauben. Denn dann erst zeigen sie einem ihr wahres Gesicht. Dieses rotfleckige, leuchtende Gesicht, in das lose und wilde Haarsträhnen fliegen, während schamlos Rosetten wie Pralinen gefüllt und Lippen auseinander gedrängt werden. Oben wie unten. Das ist das Gesicht mit den Schweißperlen auf der Haut, mit den geweiteten Pupillen. Das Gesicht, das sich vor Lust und Schmerz verzerrt. Auf das Natursekt und männlicher Liebesnektar prasseln.

Hier – und nur hier – kriegen Sie die echten Körper zu sehen, in die Nadeln getrieben werden. Die wahre Haut, die sich unter Lederriemen und Rohrstockschlägen rötet. Das echte Blut, das aus dem Fleisch herausquillt.

Sie wollen wissen, wie ihre keuchenden Laute, die Schreie und das nach mehr bettelnde Stöhnen klingen? Wonach es eigentlich riecht, wenn sie erschöpft, besudelt und beschmiert am Boden liegen, nachdem sie es von mehreren Männern auf jede nur erdenkliche Weise besorgt bekommen haben?

Kommen Sie raus aus Ihrem Versteck! Nur hier werden Sie es jemals erfahren.

Und für diejenigen, die sich nicht so recht trauen, filme und fotografiere ich eben alles. Aber natürlich verdiene ich damit auch gutes Geld, das möchte ich gleich klarstellen. Nicht dass hier kein falscher Eindruck entsteht: Ich mache das nicht aus übertriebener Barmherzigkeit, schließlich ist das keine Florence-Nightingale-Wohltätigkeitsveranstaltung.

Manchmal lege ich die Kamera aber auch einfach beiseite und genieße die Show. Nur für mich. Ganz allein. Eine Privatvorstellung, die ich der Öffentlichkeit in meinem maßlosen Egoismus vorenthalte. Aber so etwas passiert nur äußerst selten. Zuletzt in diesem Club am Strand. Faszinierend, wozu diese kokaingeilen fünfzehnjährigen, halb verhungert wirkenden russischen Models imstande sind. Aber, wie gesagt, das ist nicht für die Öffentlichkeit bestimmt. Ich habe einfach die Kamera abgeschaltet und mir mit starrem Blick angeschaut, was die Mädchen mit dem Typen da angestellt haben.

Und als sie fertig waren, habe ich mir einmal mit der Hand quer übers Gesicht gewischt, nach Luft geschnappt, wie ein gestrandeter Fisch, und unbewusst nach der Rückspultaste gesucht. Aber das ist eben der Unterschied. Das echte Leben ist einmalig. Es lässt sich nicht zurückspulen und beliebig oft wiederholen.

Trotzdem will ich für einen Moment zurückblicken. Ganz zurück, bis an den Anfang. Ich werde Ihnen zeigen, wie es damals alles angefangen hat. Das berühmte erste Mal, das mich dazu veranlasst hat, mir diese Kamera hier zu kaufen und sie ungeniert wie eine Waffe auf meine Mitmenschen zu richten.

Weshalb ich Ihnen das erzählen will? Vielleicht bin ich ja im Grunde meines Herzens doch kein so übler Kerl und will Sie ein bisschen an meinem Spaß teilhaben lassen?

Vielleicht bin ich aber auch einer von diesen bösen, bösen Typen, vor denen die Mamis ihre Töchter immerzu warnen. Einer von denen, die Ihnen gönnerhaft einen Blick in eine Welt ermöglichen, in der unerschütterlichen Gewissheit, dass Sie und Leute wie Sie eh niemals die Chance bekommen werden, auch nur einen Fuß dort hineinzusetzen. Sie müssen draußen bleiben. Sie wollen rein, aber Sie dürfen nicht. Weil Sie einfach das Geld nicht haben. Weil Ihnen entsprechende Beziehungen fehlen. Oder weil Ihre Moral, Ihre erhabene Sittlichkeit und Ihr armseliger idealistischer Blickwinkel auf die Gesellschaft, ihre Werte – und wie sie umgesetzt werden sollten – ein solches Handeln einfach von vornherein unterbinden.

Nein, ganz ehrlich: In Wirklichkeit bin ich einer von denen, die im Grunde ganz okay sind. Nette Leute, die einfach nur eine etwas andere Auffassung von Spaß und sexueller Attraktion haben. Das ist alles. Sicher, ob und was Sie mir davon jetzt glauben wollen, bleibt ganz allein Ihnen überlassen ... und in Privatangelegenheiten anderer Leute mische ich mich ja grundsätzlich nicht ein.

•••

Ich glaube nicht, dass man ein Voyeur werden kann. Wissen Sie, was ich meine? Dreieinhalb Jahre Ausbildung, Prüfung vor der Handelskammer und – voilà! – schon ist man staatlich geprüfter Voyeurswissenschaftler oder so was.

Nein, so läuft das nicht. Sie können kein Voyeur werden, sorry. Sie sind schon längst einer.

Doch halt! Bevor Sie jetzt Ihre blutsaugende Psychokuh anrufen, die Ihnen irgendeinen Scheiß darüber einreden will, dass Sie in Wirklichkeit ein verkappter Vatermörder sind, der seine eigene Mama heiraten und Kinder mit ihr zeugen will, oder eine offensichtliche Muttermörderin, die nonstop davon träumt, sich von ihrem Papi schwängern zu lassen ... bevor Sie jetzt wieder Zeit, Mühe und Nerven in Sitzungen investieren, die pünktlich auf die Sekunde abgebrochen werden, wenn der große Zeiger auf der Zwölf, und der kleine auf irgendeiner Stundenzahl angekommen ist, hören Sie mir einen Moment genau zu.

Sie sind ein Voyeur. Yep. So einfach ist das. Wir alle sind nämlich Voyeure. Wir wollen immer sehen, was die anderen machen. Wollen ihre Gespräche belauschen, wollen heimlich durchs Schlüsselloch spähen, wenn sie ihre Slips ausziehen, sich auf den Kopierer setzen, um ihre eigenen blassen Ärsche abzulichten. Wir wollen wissen, was die Promis wieder verbrochen, gewonnen oder – am besten – verloren haben, was die intriganten Nachbarn vom Himmel runtergelogen und wodurch die Aufschneider aus dem Ostviertel der Stadt doch noch aufgeflogen sind.

Ach ... Sie sind gar kein Voyeur? Sie verbitten sich solch beleidigende Unterstellungen? Sie werden sich niemals auf mein schmieriges Amöbenniveau herablassen? Ich gratuliere, Sie sind das also, der immer sofort wegschaut, wenn irgendwo ein Unfall passiert! Der den Fernseher ausschaltet, wenn barbusige Schönheiten am Strand, auf dem Laufsteg oder auf der Bühne gezeigt werden! Der sofort händewinkend ablehnt: «Nein! Ich will das nicht wissen!», sobald jemand zu ihm kommt und sagt: «Hast du schon das Neueste gehört?!»

Sie sind ein unverschämter Lügner!

Ich sag Ihnen was. Sie haben nur zwei Möglichkeiten: Entweder Sie gestehen es sich ein, dass Sie ein ganz gewöhnlicher, neugieriger Spanner sind, und haben ab sofort auch noch Spaß daran, oder Sie leugnen es weiterhin so vehement, entwickeln seltsame Neurosen und geheimnisvolle Hautkrankheiten, die man später nach Ihnen benennen wird, und gehen mir nicht mehr länger auf den Sack, okay?

Was? Sie wollen dann doch lieber erst noch die ‹Spaßoption› eingehender prüfen? Na also. Dann hören Sie jetzt endlich zu, statt mir immer wieder dazwischen zu quatschen!

Mein Güte, ist doch wahr ...

●●●

Die Sache fing folgendermaßen an: Irgendein nervtötender Kumpel von mir wollte unbedingt auf diese spanische Insel, um Urlaub zu machen. Ja, kann auch eine italienische Insel gewesen sein. Nicht so wichtig. Jedenfalls wollte er nicht allein dorthin und hat nach jemandem gesucht, der dermaßen gelangweilt war, die Gesellschaft eines Langweilers, wie er einer ist, sogar noch als lohnenswerte Abwechslung zu betrachten.

Was soll ich zu meiner Entschuldigung vorbringen? Ich bin halt mitgefahren. Wie gesagt, wenn man drei, vier Wochen allabendlicher Masturbationsorgien vor Internetgalerien und -filmchen gegen Sonne, Strand und Meer, vor allem aber gegen echte, lebendige Mädchen in knappen brasilianischen Bikinis eintauschen kann und noch nicht mal was dafür bezahlen muss – um ehrlich zu sein, die Entscheidung ist mir nicht wirklich schwer gefallen.

Und eines Abends, da ist es dann passiert. Dabei hatte ich es gar nicht darauf angelegt. Und es ist auch keinesfalls so, dass ich nach einer solchen Gelegenheit Ausschau gehalten hätte. Die Situation ist mir einfach so quer über den Weg gelaufen ... und ich hätte mich selbst dafür ohrfeigen können, dass ich gerade zu diesem Zeitpunkt keine Videokamera zur Hand gehabt habe. Und auch keinen Fotoapparat. Noch nicht mal dieses nutzlose Drecksding von Handy steckte in meiner Tasche, weil ich es oben im Hotelzimmer vergessen hatte! Ansonsten hätte ich wenigstens ein paar verwackelte Pseudofotos mit dem Mobilfon machen können. So blieb mir also im Prinzip gar nichts anderes übrig, als einfach nur die Klappe zu halten, ganz entspannt mein Ding rauszuholen – ich hatte die Hände ja eh frei – und die Show zu genießen.

Diese Absteige hier gehörte zu den teuren, zu den wirklich teuren Hotels. Kein Wunder, da mein Langweiler-Kumpel ja auch zu den wirklich reichen Leuten gehört. Und daher bei Sonnenuntergang die schwer auf ihm lastende Verpflichtung spürte, unbedingt ausgehen zu müssen. Raus in die Clubs. In die Discos. In die Nobelrestaurants. Saufen. Koksen. Poppen. Auf die Jagd. Weiber abschleppen. Und wenn es auch nur Nutten waren, allein kam er nachts nie zurück in sein Hotelzimmer.

Ich könnte Ihnen ein paar scharfe Aufnahmen zeigen, von den Mädels, die er seitdem in diversen europäischen Hotelbetten durchgenudelt hat. Die abgefahrenste Geschichte ist ihm dabei mal in Amsterdam passiert. Die süße, holländische Schönheit, die er dort abgeschleppt hatte, entpuppte sich im Hotel als rassige Traumfrau, jedoch mit einigen gewissen Extras zwischen den Schenkeln: Special Features, die zu beachtlicher Größe anschwellen konnten.

Am nächsten Tag hat er mir dann davon erzählt. Das heißt, seine Version davon, in der von einem wilden Handgemenge, empörten Schreien und Fußtritten die Rede war, mit der er die transsexuelle Verführerin weggejagt hätte.

Ich wollte meine Digicam anschließend direkt zur Inspektion einschicken lassen – schließlich hatte ich ja zwei Jahre Garantie auf das Teil –, denn sonderbarerweise war auf den Aufnahmen der letzten Nacht gar keine Schlägerei, kein Gekeife und nichts von dem zu sehen, was mein Freund mir da erzählt hatte.

Stattdessen, davon können Sie sich gerne selbst überzeugen, zeigen die Aufnahmen eine wilde Sexorgie mit einer ganz besonders exquisiten 69er-Stellung und Cumshots in doppelter Ausführung.

Haben Sie schon mal ein original holländisches Meisje gesehen, das hinter einem Mann kniet und ihn mit leidenschaftlichen Stößen anal verwöhnt? – Mein Kumpel weiß bis heute nicht, dass ich die Wahrheit über jene Nacht kenne. Und dass mir die Aufnahmen, viel, sehr viel Geld eingebracht haben.

Aber nun zurück ins Hotel auf dieser südländischen Insel. Er musste also wieder mal unbedingt losziehen. Aber ich war nicht recht in Stimmung für solche Eskapaden. Also ist er allein verschwunden und ich habe mich in mein Zimmer zurückgezogen und durch die Pay-TV-Sender gezappt. So langweilig.

Irgendwann hatte ich davon genug und bin runter, in die Lounge. Einen Drink nach dem anderen. Nette Konversation mit irgendwelchen Leuten an der Theke. Und dann, in schon ziemlich angeheitertem Zustand, musste ich mal für kleine Mädchen.

Noch das Geräusch der Spülung in den Ohren wandte ich mich zur Tür um – schließlich erwartete mich ‹Die Lounge, Teil 2› und bis zum finalen Absturz sollte noch der eine oder andere Vodka Maraba Rose dran glauben müssen.

Nun, ich weiß nicht, ob Sie jemals in einem solchen Nobelschuppen waren. Doch vielleicht wissen Sie schon, was mir passierte. Richtig. Die Türen. Ich habe sie in meinem leichten Rausch einfach verwechselt und bin auf der gegenüberliegenden Seite raus. Da stand ich also, stützte mich an der Türklinke ab und wunderte mich einigermaßen darüber, wie sie es so schnell geschafft hatten, die Lounge verschwinden zu lassen und in eine Wellness-Oase mit Swimmingpool und allem Drum und Dran zu verwandeln.

Ich hatte für eine Sekunde das Gefühl, im völlig falschen Film zu sein. Meterhohe Säulen, die in Alabaster- und warmen Beigetönen eine hohe Kuppeldecke stützten. In der Mitte des von aromatischen Dampfschwaden durchzogenen Raums das saphirblau schillernde Oval des Pools. Da Tische und

Stühle aus kostbaren, tropischen Hölzern, dort eine weitere, kleinere Lounge. Schrilles Gelächter und Geschrei.

Der Ausgang zur Toilette – und damit ich selbst – war durch eine halbrunde Trennwand abgeschirmt, sodass mich niemand bemerkte. Vorsichtig lugte ich dahinter hervor, um mir einen Überblick zu verschaffen und zu sehen, weshalb hier so ausgelassen geschrien und gelacht wurde.

Und dann dieser Anblick! Ein Grüppchen von zehn Leuten. Nackt. Neun Männer und eine strahlend schöne Göttin. Im Augenblick damit beschäftigt, sich gegenseitig auf schmutzige Weise anzuheizen.

Vier Männer hielten die junge Frau, fast noch ein Mädchen, auf ihren Armen, sodass diese wie auf einem Gynäkologenstuhl schwebte. Zwischen weit gespreizten Schenkeln ließ sie eine goldene Fontäne hervorschießen, die in die weit geöffneten Münder der anderen Männer am Beckenrand regnete. Die Typen befanden sich im Pool und genossen den heißen Saft des Mädchens, der auf ihre Zungen prasselte. Sehen Sie, bei einem solchen Anblick ... da geht es ganz wie von selbst, dass zwischen den Schenkeln etwas härter wird und sich aufzurichten beginnt.

Aber was nun folgte ... es war mir absolut unmöglich, mein bestes Stück nicht auszupacken und mir selbst eine kunstvolle Liebesmassage zu verpassen. Ich meine, wozu war ich denn schließlich hier in der Luxus-Wellness-Abteilung gelandet?

Neun Männer. Nur ein Mädchen. Es kann sein, dass ich für eine Sekunde darüber nachgedacht hatte, es könnte ein vielleicht nicht ganz ausgewogenes Kräfteverhältnis sein. Oder ich war davon ausgegangen, dass sich einige der Herren untereinander zu helfen wussten. Doch meine Überlegungen wurden schon wenige Minuten später als reine Absurdität entlarvt. Dieses Mädchen – behaupten wir einfach, ohne zu genau hingesehen zu haben, dass sie bestimmt schon volljährig war – war drauf und dran, alle neun Kerle zu befriedigen. Na klar, dachte ich mir, war ja auch keine Kunst. Nacheinander würde das für sie kein Problem sein.

Aber dieses Mädchen dachte nicht daran, einen nach dem anderen zu vernaschen. Ihr Ehrgeiz war ungleich größer: Sie wollte sie alle gleichzeitig sexuell befriedigen! Das war zumindest das, was sie zu ihnen sagte: «Na, wollt ihr mich jetzt durchficken? Wie wäre es ... alle auf einmal?»

Ich glaube, das war dann der Augenblick, in dem ich den Reißverschluss meiner Hose schon einmal öffnete. Rein prophylaktisch, versteht sich.

Und was soll ich Ihnen sagen? Es war die absolut richtige Entscheidung. Yes, Sir. Dieses schwarzhaarige Luder war absolut unglaublich!

Ich meine, Sie kennen doch sicher diese neun Ringgeister aus diesem Fantasy-Film, oder? Und jetzt stellen Sie sich einfach vor, wie sich diese Bestien auf Arwens kleine Schwester stürzen, um sie schonungslos auf die harte Realität außerhalb ihrer heimeligen Elfenpuppenstube vorzubereiten. Dann haben Sie eine ungefähre Vorstellung von dem, was als Nächstes passierte.

Und dann werden Sie auch begreifen, wieso es unmöglich war, einfach noch mal hochzufahren, das Handy zu holen und in aller Seelenruhe zurückzukommen. Ich war wie gebannt. Ich musste einfach da stehen bleiben und mir alles von Anfang bis Ende ansehen. Aber ich war live dabei. Ich habe diesen Mist nicht erst nach stundenlangem Internetsurfen entdeckt!

Sie fing damit an, die rot leuchtenden Lollys abzulutschen. Mit solch professionellem Engagement, dass es die reinste Freude war, ihr dabei zuzusehen. Dann ließ sie selbst sich von den Herrschaften verwöhnen, die sich gierig auf ihre zarten Knospen stürzten, ihre saftige Mitte schmeckten, mit kraftvollen Fingern das Fleisch ihres Popos walkten und ihren kleinen Mund mit Küssen überschütteten, dass sie kaum Luft holen konnte.

Die runde Mahagoniplatte des nächsten Tischs wurde als brauchbare Unterlage deklariert und in Beschlag genommen. Der Typ mit dem größten und furchterregendsten Penisungetüm legte sich rücklings auf den Tisch – und eine Sekunde später rutschte der kleine Hintern der Nymphe über den Erigierten. Tief glitt das angeschwollene Fleisch in ihren Anus. Sie ließ sich zurücksinken, und schon baute der Zweite sich vor ihr auf und trieb ihr seine Liebeslanze zwischen die Schamlippen. Das Mädchen gab spitze, ekstatische Schreie von sich, die jedoch rasch erstickt wurden, als der Dritte im Bunde ihr einen salzig-männlichen Knebel verpasste und begann, hart ihr Gesicht zu vögeln.

Zwei weitere wurden gleichzeitig von den Händen der Liebesfee bedient, während Nummer sechs und sieben die Schenkel der Wehrlosen packten, ihre Schwänze zwischen Oberschenkel und Wade in die Kniekehlen des Mädchens schoben und dort anfingen, mit eindeutigen Bewegungen vor- und zurückzuwippen.

Die letzten beiden Stecher kamen jetzt auf die Idee, es dem Mädchen auf die Art und Weise zu besorgen, die man aus unerfindlichen Gründen ‹italienisch› nennt. Sie begaben sich rechts und links von ihr in Position und schoben ihr jeweils einen unglaublich erigierten Penis in die Achselhöhlen.

Das Mädchen presste die Oberarme an den Körper, um genügend Reibungswiderstand für die beiden Eindringlinge unter ihren Achseln zu erzeugen, und stieß lustvoll gurgelnde und röchelnde Laute aus, während ihr unermüdlich je neunzehn bis zwanzig Zentimeter pulsierende Wollust in Rachen, Vagina und Rektum geschoben und wieder herausgezogen wurden.

Es war der absolute Irrsinn! Ich wusste, dass mir das kein Mensch glauben würde, wenn ich es überhaupt jemals jemandem erzählen konnte! Aber es war die Wahrheit. Unverfälscht. Nackt und schonungslos. Maßlos und exzessiv.

Was ich anschließend zu sehen bekam, können Sie sich bestimmt schon denken. Der Typ, der zunächst den Vordereingang benutzt hatte, presste ihr seinen Schweif jetzt auch noch mit in ihren kleinen Po, ein anderer hockte sich über ihren vor Erregung zitternden Leib, presste ihr die Brüste zusammen und begann das Spiel in der spanischen Variation.

Dann musste sich das Girl umdrehen und auf die Knie gehen. So zusammengekauert, Oberkörper halb auf Oberschenkel ruhend, musste sie weiterhin unter Beweis stellen, dass sie vorhin den Mund nicht zu voll genommen hatte. Neun sexhungrige Männer gleichzeitig zu befriedigen – das war zwar noch nicht die hohe Kunst der Liebesschule, aber immerhin eine gewisse Herausforderung. Zumal für so ein junges Ding.

Zwei zuckende Schlangen wanden sich jetzt in ihrem Mund, eine zerstampfte ihr unbarmherzig den Arsch, eine andere verwandelte das Innere ihrer Liebeshöhle in einen lodernden Vulkan, ihre Achseln und Kniekehlen spürte sie sicher kaum noch und der neunte Penis schob sich plötzlich in die neu entstandene Falte zwischen Oberschenkel und Bauch.

Ich bin mir nicht mehr ganz sicher, ob das der Moment war, in dem ich gekommen bin. Ich rede mir jedenfalls ein, dass ich nicht der Erste war, sondern mich gemeinsam mit den anderen entladen habe. Aber die Wahrheit ist, fürchte ich, dass ich in dem Augenblick losgespritzt habe, als der Blonde anfing, den vorgebeugten, zusammengesunkenen Körper der Sexgöttin von der Seite, zwischen Bauch und Oberschenkel, zu penetrieren. Ich habe es einfach nicht mehr ausgehalten.

Als sie ihr dann die Augenlider aufhielten, damit sie sie nicht in einem Reflex schließen konnte, und ihr die weiße Milch ungestört auf die Pupillen spritzten, war das Spektakel beinahe vorüber. Einer ließ seine Sahne in die wundgevögelte Spalte zwischen ihren Arschbacken fließen, ein anderer auf die um Erlösung rufenden Brüste, zwei spritzten ihr alles in den Mund und einer in ihr Lustzentrum. Die Übrigen, die ihre spermaverklebten Augen und auch den Restkörper verschont hatten, ergossen sich einfach auf die dunkle Mahagonitischplatte. Dann schoben sie die weiße Flut zusammen, dass sich gerade Linien bildeten, die die Edelhure gierig, wie flüssiges Koks durch die Nase in sich hineinzog.

Sehen Sie, ich bin zwar nicht Richard III. und werde es aller Wahrscheinlichkeit nach auch niemals sein – aber trotzdem hätte ich in dem Moment wirklich mit ihm ausrufen wollen:

«Eine Kamera! Ein Königreich für eine Kamera!»

An diesem Abend habe ich dem Dasein als Konsument zweidimensionaler Pornobilder abgeschworen. Denn ich habe ihre Schreie gehört. Ihr Stöhnen und Würgen. Das Aufeinanderklatschen der Fleischmassen. Ich habe ihren Schweiß gerochen. Gesehen, wie sich die Haut entzündlich rot verfärbt hat. Habe noch immer das animalische Grollen der Männer in den Ohren, als sie ihre Eier leerten. Ich bin süchtig geworden, nach dem echten Leben. Es gibt nichts, was einen mehr berauscht, als dabei zu sein.

Bis heute habe ich nicht erfahren, wer diese Leute, noch woher sie gekommen waren. Auch das rundum bediente Mädchen habe ich niemals wiedergesehen. Aber ich weiß, dass sie noch irgendwo dort draußen ist. Und das nächste Mal, wenn sie mir wieder begegnet, werde ich das eisige und gefühllose Objektiv einer Kamera auf sie richten. Jedes ihrer perversen Gelüste aufzeichnen. Werde ganz nah heranzoomen, wenn ihr der zähflüssige Nektar hinterher wieder aus der Nase tropft, von den Lippen rinnt und aus den Augen und dem dunklen Loch in ihrem Hintern quillt.

Gleichzeitig werde ich es mir wieder selbst besorgen. Genauso wie Sie. Denn Sie sind – schön, dass wir uns nach alldem nervzehrenden Hin und Her endlich darauf einigen konnten – ein neugieriger, kleiner Spanner, nicht wahr?

Ja, das sind Sie. Ganz gewiss. Sie sind ein Voyeur.

Prinzessinnen

«Meine liebste Florence», fuhr die Gräfin von C. mit ihren Ausführungen fort, «es ist einer der gravierendsten Irrtümer unserer Zeit, zu glauben, man könne diesen delikaten Trunk ausschließlich in seiner naturgegebenen, leicht erhitzten Form genießen!»

Ihre Stimme, ihr ganzer Tonfall hatte etwas Samtenes und zutiefst Angenehmes an sich, als sie so mit mir sprach. Ein Sonnenstrahl fiel auf eines ihrer Augen, brach sich dort und wurde glitzernd reflektiert. Gemeinsam mit dem charakteristischen Zug feiner Ironie, der ihre sinnlichen Lippen stets umschmeichelte, verlieh dieses Aufblitzen ihrem Wesen etwas Lausbübisches. Ich wusste daher nie recht zu unterscheiden, wann sie ernst sprach und wann sie scherzte. Erschwerend kam ihre Eigenart hinzu, ihre Laune von einem Augenblick zum nächsten zu ändern. Da war etwas Flatterhaftes an ihr, etwas von einer betörenden Sylphide, das sie umgab wie ein duftender Blütenhauch, stets bezaubernd, stets wahrzunehmen, doch niemals wirklich greifbar. Kaum glaubte man, sie begreifen zu können, schon entschlüpfte sie wieder feengleich in ungeahnte und manches Mal verstörende Sphären. So wie jetzt, in dem labyrinthhaften Zaubergarten, der das Château von C. in stiller Pracht umgab.

Ich selbst war erst vor zwei Wochen, Mitte Juni 1889, zur Sommerfrische angereist – und jeden Tag aufs Neue versetzte die zierliche Person der Gräfin mich in zügelloses Erstaunen. Allein der fein geschwungene Amorbogen ihrer Oberlippe genügte dazu im Grunde schon voll und ganz: Welch makellose Schönheit in diesem zeitlosen Gesicht lag! Das wahre Alter der Gräfin ließ sich nur schwer schätzen. Und obgleich sie die Dreißig längst hinter sich gelassen hatte, strahlte sie eine sonderbare Faszination auf mich aus. Eine erotische Anziehungskraft, die ich mir selbst gegenüber nicht einzugestehen wagte. Sie war eine jener seltenen Geschöpfe, deren Blicke tief in die Seelen der Menschen einzudringen vermochten – und dann mit geheimnisvollem Kitzel ebenso tief in die scharlachfarbenen, zwischen den Oberschenkeln liegenden Regionen eindrangen.

Die weichen Samtlippen ihres verführerischen Mundes weiteten sich jetzt und entblößten eine Reihe weißer Perlen zwischen blutroten Korallen. Ein warmer Hauch von Schamesröte stieg mir verräterisch ins Gesicht, als ich mich dabei ertappt fühlte, sie wieder auf eine Weise angestarrt zu haben, wie Männer Frauen ansehen mochten – wie jedoch eine wohlerzogene Frau, für die ich mich noch immer hielt, nicht eine andere Frau ansehen sollte.

«Es gibt viele Arten, den Überfluss, die Schönheiten und Kostbarkeiten zu genießen, die ein unergründlicher Kosmos reich an uns Menschenkinder verschenkt», sprach die Gräfin nun weiter. Ihre Worte geleiteten mich sanft und sicher in die berauschende Gegenwart, ihre Gegenwart, zurück. Die Wasser eines Springbrunnens plätscherten mit spielerischer Leichtigkeit weiter. Dieser sommerliche Ort, ganz durchdrungen von der spürbaren Omnipräsenz der Gräfin von C., atmete die Luft eines Traums.

Nichts an diesen Tagen war wirklich real, aber alles schien möglich.

Langsam dämmerte in meinem verklärten Geist die Erinnerung an unser Gespräch herauf. Vor dem italienischen Springbrunnen, der inmitten eines Rondells, umschlossen von übermannshohen Hecken, das Zentrum des geheimnisumwitterten Parks beherrschte, waren wir stehen geblieben. Worüber wir eigentlich gesprochen hatten, wusste ich schon nicht mehr. Nur, dass ich abrupt verstummt war, als ich dieses beispiellose Kunstwerk erblickte, das wirklich in jeder Hinsicht vollkommen war: gut wie auch böse.

Und gerade diese Sündhaftigkeit, das schamlose Spiel mit dem Ruchlosen, das der Brunnen in schonungsloser Offenheit und detailverliebt wie ein narzisstischer Künstler der Welt offenbarte, war es, was mich zutiefst aus der Fassung gebracht hatte.

Während die ewig lächelnde Gräfin sich an meinem maßlosen Erschrecken weidete, starrte ich wortlos auf die bizarre Darstellung des Unsagbaren: Der Brunnen bestand aus drei ineinander überfließenden Bassins, in denen sich barocke Putten, Satyrn und Nymphen ebenso tummelten wie feingliedrige, elfenhafte Geschöpfe, Einhörner und vollkommen nackte, badende Schönheiten, deren Anmut mich unwillkürlich an die Erzählung von David und Bathseba denken ließ.

Was die darin verarbeiteten Figuren betraf, unterschied sich das marmorne Kunstwerk mit den Rocaille-Bassins nicht sehr von anderen seiner Art. Einzig die dargestellten Szenen, eingefroren in weißem Marmor und fließenden Wasserfontänen – sie schienen in ihrem beständigen Fluss, dem das Auge nicht zu folgen vermochte, ebenfalls wie erstarrt – waren dazu angetan, arglose Besucher bis ins Mark zu erschüttern!

Es war eine steingewordene, aber dadurch nicht minder anstößige Orgie, die dort vor unseren Augen zelebriert wurde: Ganz oben saßen, hockten oder standen lachende Puttenengel und pieselten aus ihren Babygliedern in alle Himmelsrichtungen. Ausgelassen, verspielt und selbstverliebt. Die sprudelnden Wasserbögen ergossen sich in die weit geöffneten Münder, auf die begierig vorgestreckten Zungen der Nymphen und Elfen, denen ihrerseits aus angedeuteten Brustwarzen und schamlos auseinandergespreizten Schenkeln neue Fontänen entquollen. Eine Nymphe lag auf dem Rücken, die Schenkel wie ein Paar Flügel seitwärts hochgereckt, und stieß nicht nur aus der zu vermutenden Körperöffnung einen Strahl hervor, sondern auch aus der naturgetreu wiedergegebenen Öffnung darunter! Ein Satyr und eine der badenden Schönheiten aus dem dritten Bassin reckten sich begehrlich nach den beiden Strahlen, während das steil aufgerichtete und ebenso lebensecht nachgebildete Glied des Satyrn einen breiten Wasserstrahl auf den prallen Hintern der nackten Frau abschoss. Mit beiden

Händen hielt sie ihre Gesäßbacken zärtlich auseinander, sodass der Strahl direkt in die geweitete, bis ins kleinste Detail nachgeformte Rosette der Entblößten fließen musste – um dann wieder zwischen der gespaltenen Feige ihres Geschlechts hervorzusprudeln und anstößig ihre Schenkel zu benetzen.

Andere der badenden Frauen lagen oder hockten in entsetzlich abstoßender Weise unter den Leibern der Einhörner, schienen das Wasser aus deren überdimensionalen Schwengeln zu trinken, umschlossen diese mit ihren Lippen oder nahmen sie zwischen ihren runden Hinterbacken in sich auf. Andere ließen sich von den gewundenen Hörnern der Fabelwesen sodomieren.

Solche und ähnlich bizarre Szenen spielten sich vor meinem verständnislosen Blick ab. Ich wagte kaum mehr zu atmen, angesichts all der angesammelten Lasterhaftigkeit. Die Gräfin von C. indes schien sich prächtig zu amüsieren. Mein Gesichtsausdruck schien offenbar sehr albern auszusehen.

«Keineswegs», winkte die Gräfin belustigt ab, als ich meiner Sorge Ausdruck verlieh, «aber mir scheint, du hast bislang nicht die wirklich betörenden und aufregenden Dinge des Lebens gekostet. Deine verstörte Reaktion auf diesen Brunnen hier verrät es mir deutlich.»

«Betörende Dinge des Lebens, Gräfin? Wovon sprechen Sie? – Dieser Brunnen ... dieses Machwerk ... es ist infam!»

Die Gräfin brach in zartes Gelächter aus. Ihre melodiöse Stimme klang wie Musik in meinen Ohren, selbst wenn ich der Grund für ihre offenkundige Belustigung sein mochte.

«Liebste Florence», sie legte mir vertraulich eine Hand an die Wange, «ich werde dir all die Kostbarkeiten, die trunken machenden Geheimnisse und all die berauschenden Quellen der Lebenslust zugänglich machen. – Denn es gibt etwas auf dieser Welt», fuhr sie mit verschwörerischem Unterton in der Stimme fort, «das köstlicher schmeckt als Wein, das nachhaltiger erfrischt als klares Wasser, das stärker prickelt als kühler Champagner. Etwas, das dir die Sinne verwirren und das Herz in deiner kleinen Brust entzückt aufjauchzen lassen wird!»

Bei diesen Worten war sie unanständig nah an mich herangetreten. Plötzlich fühlte ich ihre fordernden Hände nach meinen Brüsten tasten. Mir stockte der Atem. Ich wollte empört aufschreien, mich ihr widersetzen und –

Ihre wundervollen, anbetungswürdigen Lippen pressten sich mir voller Leidenschaft, Wollust und Sinnlichkeit warm auf meinen Mund.

Geliebte Gräfin von C., dachte ich nur noch, tun Sie bitte mit mir, was immer Sie wollen ...

Das verbotene Geheimnis, das mir die Gräfin offenbarte, war so ... unglaublich! Ich spürte meine Handflächen feucht werden, meinen Herzschlag rasch und rascher pulsieren. Das Blut pochte mir durch Schläfen und Halsschlagadern, mein mädchenhafter Busen geriet unter flacher werdenden Atemzügen in erregte Bewegung. Und ich stöhnte leise auf, als ich eine wärmende Feuchtigkeit spürte, die sich in meinem Schoß ausbreitete: Die Worte der Gräfin und das, was sie nun vor meinen Augen im Grünen Salon des Châteaus enthüllte, erweckte eine urplötzliche Begierde, ein brennendes Verlangen und Wallungen der Lust in meinem hingebungsvollen Leib, dass ich die Vorfreude und Anspannung kaum mehr ertragen konnte.

«Es ist wie die Komposition eines neuen Parfums, Florence», lächelte mir die bezaubernde Schönheit zu und raffte vor meinen Augen ihre Röcke. «Ein neues, umwerfendes Bouquet, das durch die Mischung der richtigen Essenzen entsteht.» Ihre festen, schlanken Schenkel kamen zum Vorschein. Das lüsterne Funkeln im Auge der Verführerin und der Anblick ihres nackten, vornehm blassen Fleisches verursachte mir heiße Schauer unter der Haut. Meine Brustwarzen begannen sich zu regen.

«Solch exquisite Auslese, zusammengeführt und gefiltert in einem reinen und edlen Gefäß wie dem meinigen», gurrte die Gräfin aufreizend weiter, «muss schließlich zu einem superben Destillat von erlesenem Aroma reifen!»

Meine Haut glühte, als fächelte ein sandiger Wüstenwind mir das Gesicht, nun da ich wusste, was ich soeben zu mir genommen hatte! Noch immer schwamm der unvergleichliche Geschmack auf meiner Zunge – das pikante, prickelnde Aroma, das der Schaumwein hinterlassen hatte. Die eisgekühlte Champagnerflasche stand vor mir auf dem Edelholztisch, halb geleert von unseren verlangenden Gierschlünden, flankiert von zwei leeren, feingeschliffenen Kristallgläsern.

Ich konnte es mir nicht erklären. Üblicherweise machte ich mir niemals etwas aus alkoholischen Getränken – aber heute war es anders.

Das liebreizende Dreieck aus flauschigem, krausem Haar, das den fragilen Schamhügel der Gräfin bedeckte, wurde jetzt unter den hochgerafften Schichten ihres Kleides sichtbar.

O, wie sehr wollte ich diesen herrlichen Hügel erklimmen!

Der Geruch und die einmalige Geschmacksnote des Champagners erweckten eine rasende Wut, ein feuriges Geschrei nach sofortiger Befriedigung ungezügelter, völlig entfesselter sexueller Lust in meinen Adern – in jeder erschauernden Zelle meines Körpers. Das wilde Begehren nach widernatürlichem Verkehr mit dem verführerischen Leib der Gräfin übermannte mich plötzlich.

Aber weshalb? War es der Ausdruck ihrer abgründigen Augen? Waren es die Auswirkungen des lüsternen Brunnens und der traumartigen Landschaft, in der das Château von C. sich erhob? Ich konnte es nicht sagen.

Die Gräfin drehte sich halb herum, kniete sich auf den kostbaren Diwan und warf mir auffordernde, kokette Blicke zu. Und oberhalb ihrer nackten, leuchtend weißen Schenkel – sie wippte erregend in sanften, tänzerischen Bewegungen hin und her – wiegte sie sich anzüglich in den Hüften wie eine verdorbene Kurtisane und ließ in perfekt abgestimmter Choreografie den kostbaren Seidenvorhang ihrer Röcke emporschweben. Dann beugte sie ihren Oberkörper lasziv vor, dass zwangsläufig ihr Unterleib nach hinten gepresst wurde, und reckte mir den einladendsten, aufregendsten und saftigsten gespaltenen Pfirsich entgegen, den ich je erblicken durfte! Augenblicklich verspürte ich den leidenschaftlichen Wunsch, meine Zunge in den feinen Spalt zu versenken und ihr hungriges Fleisch zu liebkosen.

Als wir die Kristallgläser bis zur Neige geleert hatten, war es mir nicht gelungen, die unerwartete Erregung vor ihren kundigen Blicken zu verbergen. Insgeheim, dessen war ich mir sicher, hatte die Gräfin längst mit dieser Reaktion gerechnet.

«Es schmeckt aufregend, nicht wahr?», hatte sie in mein Ohr gewispert und mein Gesicht in ihre Hände genommen. Ich keuchte und rang nach Atem.

«Dieser Champagner», stammelte ich, «woraus ist er gemacht? Dieser perlige Geschmack, sein Blütenduft ist –»

«Atemberaubend», ergänzte die Gräfin von C. «Er verwirrt dir die Sinne, Florence. Ist es nicht so?»

Ohne eine Antwort abzuwarten, küsste sie mich, diesmal noch besitzergreifender und liebestoller als vorhin im Park. Ihre forsche Zunge schob sich zwischen meine Lippen, an meinen Zähnen vorbei und begann, sich in meinem Mund zu winden.

Allzu willig und von dem außergewöhnlichen Genuss beschwipst – der Trunk stieg mir rasch zu Kopf – ließ ich es geschehen und erwiderte das verruchte Versprechen, das die Gräfin mir gab.

Nach einer Weile flüsterte sie mit heiserer Stimme: «Möchtest du das Geheimnis ergründen, das diesen Champagner umgibt? Soll ich dir das Rätsel seiner Zubereitung enthüllen?»

Ich nickte, denn ich wollte, nein ich musste unbedingt wissen, was es mit dem süßen Gift auf sich hatte, das mich meine moralischen Grundsätze und meine gute Kinderstube schlagartig vergessen ließ, ja fortschwemmte, als seien sie nie gewesen.

Die Feuchtigkeit zwischen meinen Lenden griff umso mächtiger um sich, wie sich auch meine Pupillen weiteten, als ich ungläubig staunend den Worten der Gräfin lauschte. Mein

Mund öffnete sich einen Spalt weit, bereit jederzeit wieder die fiebrige Zunge der unglaublichen Liebesfee in sich aufzunehmen.

«Es ist das Lebenselixier, das Generationen von Alchimisten vergebens suchten. Das Geheimnis meiner Jugend und Schönheit. Die Quellen, aus denen es hervorströmt, sind die jungfräulichen Schöße junger Frauen. Ihre Namen sind Marie, Madeleine, Judith und Rahel. Sie dienen hier auf dem Château. Rahel hast du ja bereits kennen gelernt – sie war es, die uns den Trank serviert hat.

Ich habe sie verführt, alle vier. Es sind allesamt Prinzessinnen, die aus den vornehmsten, jedoch verarmten Adelshäusern Europas stammen. Und draußen beim goldenen Brunnen habe ich sie dazu gebracht, an mir dasselbe zu vollziehen, was die Figuren des Brunnens uns vormachten. Ich trank das köstliche, warme Pipi der Mädchen, Florence. Ein überirdischer Genuss, den du sicher nachempfinden kannst – jetzt, da auch du ihren Champagner gekostet hast.»

Ich erbleichte bei dieser Andeutung und errötete augenblicklich wieder.

«Ich habe ... was? Ihren Champagner?»

«Nur Geduld, mein dunkler junger Engel! Lass mich erklären: Ich kam eines Tages auf den erhebenden Gedanken, das sprudelnde Nass meiner Schönheiten aufzufangen, zu sammeln und miteinander zu vermischen. Denn, so überlegte ich, wenn schon der Geschmack einer von ihnen von derart unbeschreiblicher Süße war, so würden die vereinten Säfte eine Melange ergeben müssen, deren Aroma absolut umwerfend und unvergleichlich sein würde! – Und ich behielt Recht.»

Die feuchte Schwüle, die sich zwischen den geschwollenen Hälften meiner Liebesmuschel ausbreitete, war kaum noch auszuhalten. Das war ... ungeheuerlich! Widerwärtig und abnorm! Und doch von solch bizarrer Extravaganz, dass es meine Gelüste regelrecht potenzierte. Ich hatte soeben das gesammelte Pipi vierer jungfräulicher, europäischer Prinzessinnen getrunken! Unglaublich!

«Den vermengten Trunk der Prinzessinnen allerdings», klärte die Gräfin mich mit ihrem elfengleichen Lächeln auf. «darf nur eine Person auf diesem Schloss allein trinken: nämlich ich.»

«Aber», warf ich ein und ließ meine bebenden Hände über ihren schimmernden Schwanenhals, den Nacken, ihre Brüste und die Taille wandern, «was befindet sich dann in der Flasche dort auf dem Tisch?»

«Das krönende, das perfekte und einmalige Destillat, von dem ich schon zu dir sprach.»

Ich begriff nicht.

«Kleine Florence», lachte die Gräfin und winkte mir, ihr zum Diwan hinüber zu folgen. «Komm, ich werde es dir zeigen ...»

Zögernd war ich ihren Anweisungen gefolgt und strich nun mit vor Unruhe und sexueller Attraktion zitternden Fingerkuppen über das gewölbte, entblätterte Rund ihrer wollüstigen Hinterbacken.

«Viele wollten schon das Rezept von mir stehlen», hauchte sie. «Aber es lässt sich nicht kopieren. Denn der wichtigste Faktor in diesem Spiel – ist mein eigener Leib! Und jetzt frag nicht mehr, Florence, bitte. Schlag mich! Malträtiere mein Gesäß, so fest du es vermagst!»

Ich wollte mich weigern, aber sie beharrte darauf, dass es unweigerlich notwendig sei, da ihr Körper nur so die richtigen Essenzen produzierte, die dem Getränk seine unverwechselbaren Nuancen verliehen. Ich wusste zwar nicht, was ich davon halten sollte, begann aber bald – erst zögerlich, dann forscher werdend – ihre unter meinen scharfen Schlägen erbebenden Backen zu züchtigen. Erst nur mit den flachen Händen, später dann mit einer Reitgerte, die sie mir reichte.

Unter jedem Schlag wimmerte, keuchte und stöhnte die unbeschreibliche Person auf, während sich die elfenbeinerne Tönung ihrer gespaltenen Liebesfrucht in immer dunklere Rotschattierungen wandelte. Bald leuchteten die heimgesuchten Schinkenhälften wie glänzend rote Paradiesäpfel von aufreizender Zerbrechlichkeit.

Dann plötzlich klatschte sie in die Hände und verlangte nach Rahel, die so rasch erschien, dass ich fürchten musste, sie hatte unser unanständiges Treiben heimlich beobachten können. Nach und nach fanden sich nun auch die anderen Prinzessinnen ein – eine jede völlig unbekleidet, wie ich nicht wenig verwundert bemerkte. Bezaubernde junge Frauen, die mein erhitztes Blut noch stärker in Wallung brachten.

«Und jetzt», erklärte die Gräfin von C. und blitzte mich mit ihren Augen an, die in einem schweißnassen, geröteten Gesicht glänzten – eine Haarsträhne hatte sich aus dem Knoten gelöst und fiel ihr verwegen in die Stirn –, «ist es so weit. Ich bin bereit. – Haltet sie.»

Ehe ich begriff, wie mir geschah, packten mich die vier Prinzessinnen mit sanfter, aber doch bestimmter Gewalt, rissen mir die Kleider vom Leib und zwangen meinen Kopf unter die rot schimmernden Hinterschinken der lachenden Gräfin!

«Öffne deinen Mund, Florence», sagte sie leise, aber mit gefährlichem Unterton, «und empfange ungeahnte Genüsse!»

Rahel zwang mich zu einem Schrei, als ich nicht sofort reagierte. Im nächsten Moment öffnete ich den Mund, und die Gräfin, begleitet von wollüstigem, anstößigem Stöhnen, ließ es fließen. All ihr erhitztes, dampfendes und zischendes Pipi ergoss sich direkt in meinen Mund!

Als die Prinzessinnen sahen, wie sehr ich es genoss, den zauberhaften Trank direkt aus dem brodelnden Leib der Gräfin zu mir zu nehmen, ließen sie von mir ab. Ich schluckte begeistert, als ich endlich begriffen hatte: Der Geschmack dieses goldenen Regens, er war mit demjenigen des Champagners identisch! Nur fehlte ihm noch die nötige Kühlung und ein wenig der sprudelnden Kohlensäure!

Die Gräfin trank, wie sie mir später bestätigte, ausschließlich das warme Nass ihrer bezaubernden Prinzessinnen, da diese einen natürlichen Champagner von delikater Qualität produzierten. Anschließend, durch ihren eigenen Leib gefiltert, schied die Gräfin selbst den sinnenverwirrenden, erotisierenden Trank aus, der dann mit Zucker und Hefe versetzt in Flaschen gefüllt und gut gekühlt aufbewahrt wurde. Und nach einigen weiteren Arbeitsschritten hatte sich das bizarre Getränk in den köstlichsten Champagner verwandelt, den man sich nur vorstellen konnte. Sprudelnd und schäumend – von unerreichbarer Raffinesse.

Rahel servierte diesen speziellen Trunk bewusst nur besonderen Gästen der Gräfin. Die goldene Kostbarkeit der Prinzessinnen sollte nicht an jeden verschwendet werden.

«Herrin», wagte Rahel jetzt demütig nachzufragen, «dürfen wir uns ebenfalls entleeren?»

Die Gräfin verzog ihren generösen Mund zu einem liebevollen Lächeln – und nickte. «Du wirst es lieben, Florence», vertraute sie mir beruhigend an. «Es ist die reinste Wonne, von Rahel abgefüllt zu werden.»

«Geben Sie mir mehr davon!», verlangte ich, als das plätschernde Bächlein, das ihren Lilienblättern entströmte, schon zu versiegen drohte. «Ich bitte Sie, Gräfin! Es ist so unglaublich ... wundervoll! Machen Sie mit mir, was sie wollen! Verfügen Sie ganz und gar über mich! Aber geben Sie mir mehr!»

Und bald gingen wahre Sturzbäche über meinen nackten, von roher weiblicher Gewalt seiner Kleider entrissenen Leib herab! Ich schluckte und schluckte jeden Tropfen, der aus der Gräfin hervorspritzte, und badete meinen Leib in der heißen, liquiden Süße, die sich aus Maries und Judiths Spalten über mich ergoss. Und schließlich näherten sich mir Rahel und Madeleine mit zwei Trichtern in den Händen. Erwartungsvoll entspannte ich meine Muskeln und ließ es zu, dass Marie und Judith meinen Unterleib sanft anhoben, die Beine zur Seite auseinandergespreizt. Dann fühlte ich, wie die Enden der Trichter in meine beiden freiliegenden Körperöffnungen eingeführt wurden. Ich schloss die Lider und verdrehte vor Lust und Seligkeit die Augen.

«Du wirst es lieben, Florence», wiederholte die Gräfin von C. begeistert. «Ganz bestimmt wirst du das!»

Dann hörte ich das verräterische Sprudeln und Zischen, mit dem die prickelnde Flut aus den Blasen der beiden schönsten Prinzessinnen hervorbrach ... und sich wie glühende Lava aufpeitschend und lodernd in mich hineinfraß ...

Farben eines Sommers

Honi soit qui mal y pense.

Eins ...

Juliane zählte in Gedanken mit und schloss ihre Hand fester um seinen zuckenden Penis. Sie liebte diese ausgefallene Spielart, die man im Fachjargon als ‹florentinisch› bezeichnet. Die Vorhaut wurde dabei mit unnachgiebiger Konsequenz zurückgezogen und einem Griff, der sich wie eine Stahlmanschette um den Schaft schloss, sodass selbst ein nicht völlig erigierter Phallus genügend stabilisiert wurde, um auf ihm reiten zu können. Angeblich stammte diese Technik von florentinischen Liebesdienerinnen, die auf diese Weise die Lust ihrer Freier in nie gekannte Sphären emporgetrieben hatten. Was unweigerlich zur Folge hatte, dass der Akt ein rasches Ende fand und die gewieften Damen sich ihr Geld sehr schnell erwarben – und einen legendären Ruf im Hinblick auf ihre erotischen Künste gleich dazu.

Jule allerdings dachte gar nicht daran, die Lust ihres Lovers vorzeitig enden zu lassen. Je länger sie etwas von seiner hart angeschwollenen Männlichkeit hatte, desto besser war es für sie. Aber nun, da sich David unausweichlich auf den Höhepunkt zubewegte, genoss sie das einmalige Gefühl, ihn nach allen Regeln der Kunst zu verwöhnen und seiner Leidenschaft weitere fiebrige Schübe zu versetzen.

... zwei ...

Es würde nicht mehr lange dauern. Die laszive Schönheit hatte in ihrem Leben genügend Erfahrung gesammelt, um zu wissen, wann das Schauspiel dem finalen Feuerwerk entgegeneilte. Davids Atem ging immer schneller. In kurzen Stößen. Sein Brustkorb hob und senkte sich in knapper erfolgenden Intervallen. Schweiß perlte auf seiner Stirn, glitzerte wie Diamanten auf seinen Lippen.

Als Jule sich jetzt vorbeugte und ihren warmen, feuchten Mund über die purpurne Spitze seiner Lustquelle stülpte, ging ein nervöses Zucken durch seinen jungen Körper. Davids Hände verkrallten sich im Bettlaken, seine Muskeln spannten sich an – und ein elektrisierender Schauer rann in Windeseile über seine Haut. Mit der Rechten zog Jule die erhitzte Haut seines weiter anschwellenden Phallus' noch ein Stückchen zurück und grub ihre Zähne in die Koronafurche, unmittelbar unter der freigelegten Eichel. Davids zischende Atemzüge waren jetzt einem unkontrollierten, lauter werdenden Stöhnen gewichen. Jule ließ ihre Zunge über das bis zum Zerreißen gespannte Frenulum tanzen. Zupfte mit der scharlachroten Spitze über das straff gezogene Hautbändchen wie über die Saite eines Musikinstruments. David nahm die Unterlippe zwischen die Zähne, wälzte seinen Kopf hin und her – und sein Unterleib bäumte sich plötzlich unkontrolliert auf!

... drei!

Juliane erzeugte einen regelrechten Unterdruck und saugte wie eine irrsinnig gewordene Pornodarstellerin an Davids rotglühender Liebeskirsche. Mit der rechten Hand übte sie in immer kürzeren Abständen Druck auf seinen Schaft aus, während die linke ihm mit spitzen Fingernägeln durchs Haar fuhr, über seinen Hals hinabwanderte und schließlich zärtlich über den jugendlichen Brustkorb kratzte.

David verging beinahe vor Lust! Was diese Frau da mit ihm machte, war kaum noch auszuhalten. Seine Beine zuckten, wie unter lustvollen Stromschlägen. Lange würde er diesen Sexsturm nicht mehr durchstehen können ...

Jule verdrehte selig die Augen, als sie das erste vage Pulsieren bemerkte, das durch den heimgesuchten Schaft rann. Zum salzig-männlichen Moschusgeschmack des zarten Fleisches in ihrem Mund kam das flüssige Aroma von Davids ‹Bonjour-Tropfen›, die aus der schmalen Öffnung seines Geschlechts quollen. Jules Fingernägel gruben sich jetzt abwechselnd in

Davids rechte und linke Brustwarze, was ihm einen scharfen Schmerz verursachte, jedoch seine Wollust zusätzlich anstachelte.

Dann begann das verräterische Keuchen. Und das Pulsieren an der Unterseite seines Schweifs erfolgte in harten Schüben. Jule wusste, dass ihr nicht mehr viel Zeit bleiben würde, wenn sie David den wahnsinnigsten aller Orgasmen bescheren wollte.

Blitzschnell nahm sie seinen kurz vor der Entladung stehenden Prachtpenis in die Linke, befeuchtete die Fingerspitzen ihrer Rechten, indem sie sie kurz in den Mund nahm, und machte sich daran, das Werk zu vollenden ...

David glaubte fast, es müsse ihn entzweireißen!

Das Blut rauschte ihm wild in den Ohren und sein Herz schlug einen tollwütigen Takt, als Juliane begann, hemmungslos und mit präzisen, hektisch auf- und niederfahrenden Bewegungen seinen hochgradig explosionsgefährdeten Penis abzumelken, dabei gleichzeitig seine Kronjuwelen in ihren heißen dunklen Schlund einsog – und ihm währenddessen erst einen, dann zwei Finger der anderen Hand in den Anus einführte!

«Jule!», stieß David stimmlos hervor. Doch der nackte, Männer verschlingende Traum ließ sich von ihm nicht ablenken. Schon hatten die erfahrenen Finger in seiner Jungenspalte den G-Punkt entdeckt und fingen an, ihn gründlich zu massieren.

David warf seinen Kopf zur Seite, versuchte sein Gesicht ins Kissen zu pressen – er konnte nicht mehr! Unmöglich. Es war einfach aus und vorbei. Endgültig!

In buchstäblich letzter Sekunde hatte Jule Davids verlockende Fleischkugeln wieder ausgespien und machte nun Anstalten, den Begriff ‹Fellatio› völlig neu zu definieren.

«Jule! ... Bitte! ... Aah ...!»

Der Orgasmus übermannte David mit der Wucht eines Vierzigtonners!

Er hatte den Namen seiner Verführerin nur noch hervorgepresst, als der Samen auch schon in heftigen Eruptionen aus seinem Leib hinausgeschleudert wurde! Davids Körper bäumte sich zuckend auf, zog sich wieder zusammen, zitterte – und erschauerte unter der unwiderstehlichen Gewalt, mit der Jules Spiel ihn gefangen genommen hatte! Er fühlte ihre Finger in seinem Anus, die ihn schamlos durchvögelten, spürte die scharfen Zähne, die an seiner Eichel knabberten. Ein winziger Teil seines Gehirns registrierte sogar die schwüle Feuchtigkeit, mit der Jules erregte Scham seinen Oberschenkel benetzte. Dann spritzte es weiter aus ihm heraus – und ein blendendes Feuerwerk zügelloser Lust explodierte mit bunter Pracht vor seinen Augen!

Der silberweiße Nektar umspülte Jules gierige Zunge. Davids Penis hatte sich in einen Vulkan verwandelt, der ohne Rücksicht auf Verluste seine glühende Lava ausspie. Zähflüssig und auf eigenartige Weise prickelnd, bahnte sich die cremige Liebesmilch ihren Weg in Jules Rachen. Die ließ sich dadurch nicht aus der Ruhe bringen – provozierend langsam zog sie ihre vorwitzig penetrierenden Finger aus Davids Hinterpförtchen heraus.

«Oh, Gott ...», stöhnte David, als er spürte, wie sie dabei unaufhörlich an ihm nuckelte und saugte. Ihr Zeige- und Mittelfinger drangen jetzt wieder ebenso aufreizend zurück in die glatte Dunkelheit seiner hinteren Liebesöffnung. Tief. Unerhört tief. Ohne jede falsche Scham und ohne zu zögern. Die erobernden Hände einer Imperatorin. Eine Imperatorin, die ihm gerade jeden einzelnen Tropfen wie ein ekstatischer Sexvampir aus dem Leib saugte und nicht einen einzigen davon versehentlich vergeuden wollte!

«Großer Gott!» Die grollenden Geräusche, die Jule jetzt von sich gab, erinnerten eher an eine jagende Raubkatze, als an eine verführerische, spermasüchtige Blondine, die von der Natur äußerst großzügig mit weiblichen Reizen ausgestattet worden war. Ein unbewusster Teil von Davids völlig berauschtem und euphorischem Hirn nahm das nächste Geräusch wahr, das Jule machte: ein feucht klingendes Schmatzen, als sie wieder schluckte und dann hastig nach Luft schnappte.

Als Jule sich völlig unvermittelt andersherum über ihm positionierte – ohne dabei jedoch die heftigen, Penis massierenden Bemühungen einzustellen – und David ihren herrlichen, gespaltenen Apfelpopo dicht über seinem Gesicht schweben sah, ahnte er, was nun wohl als Nächstes folgen würde. Erwartungsvoll öffnete er den Mund und streckte die Zunge heraus. Jule spreizte mit der freien Hand ihre rosa Labien – dann tröpfelten auch schon die ersten blassgoldenen Perlen auf sein Gesicht nieder, warm und prickelnd wie ein sommerlicher Regenschauer …

•••

Zugegeben, als die Sommerferien angefangen hatten, schienen die Aussichten nicht halb so rosig für David. Er hatte sich erst vor einigen Wochen bis über beide Ohren in ein Mädchen verliebt, das seit neuestem zwei oder drei Kurse besuchte, die auch er absolvierte. Fremdsprachen, Gymnasium, Oberstufe.

Die nichtswürdige Schönheitskönigin brachte es aber tatsächlich fertig, ihn einfach nicht zu bemerken. Es war nicht so, dass sie ihn absichtlich ignoriert hätte, dass sie ganz bewusst ‹durch ihn hindurch› geblickt hätte. Nein, es war noch viel schlimmer: Er war gar nicht da. Er existierte für sie überhaupt nicht auf diesem Planeten. Jedenfalls nicht in der sonderbaren Paralleldimension, in der Amanda sich bewegte. Amanda, die er heimlich vergötterte, anhimmelte, nach der er sich verzehrte.

Aus einer ihm völlig unbegreiflichen Laune des Schicksals heraus schien es den elenden, sich nach verschwitzten, heißblütigen und atemlosen Liebesnächten sehnenden, sabbernden Kreaturen seiner präevolutionären Daseinsstufe ermöglicht worden zu sein, einen Blick in höhere Sphären zu werfen. Dorthin, wo sich dieser selbstverliebte, ignorante, wunderschöne weibliche Engel und seine Freundinnen tummelten. In ihren sündhaft teuren Markenklamotten. Mit ihren Designerschuhen, eingehüllt in einen Kokon aus Unnahbarkeit, frostiger Eleganz, süßlich-verführerischer Parfums und etwas zu bemühter ‹erwachsener› Weiblichkeit, die den natürlichen Lolita-Charme unwiderruflich schädigte, der sie die letzten Jahre wie eine lodernde Aura mit seinem Glanz umgeben hatte.

War das jetzt die Gnade des Schicksals? Die Art und Weise der Götter, ihm ‹Mut› zuzusprechen? «Siehe, mein Sohn. Die nächste Evolutionsstufe. Wenn du sie jemals erreichst, wirst auch du so schön und unerreichbar sein. Und dann darfst du auch mit den großen Mädchen spielen.»

Dankeschön auch. Prima Idee.

Eines Morgens würde er in einem anderen Leben aufwachen, und aus dem Spiegel im Bad würde ihm ein maskenhaft schönes Puppengesicht mit einer schmalen, zerbrechlich wirkenden Nase, zu großen Augen und Lippen anlächeln. Eine seidige Haarmähne würde dem Geschöpf bis über die Schultern fallen und die großen, roten Spitzen seines wogenden Busens kitzeln: Titten!

Das wäre dann der Augenblick, wenn er an die letzte Alkoholschlacht zurückdachte, wo er im Kreis seiner Kumpels lautstark und betrunken «Was ich will? – Ich will Titten, verdammt noch mal!» gebrüllt hatte. Man soll bekanntlich vorsichtig sein mit dem, was man sich wünscht.

Nein, das war alles zu unwahrscheinlich. Das Schicksal hatte doch gar keine Gnade übrig. Jedenfalls nicht für ihn, davon war David ziemlich überzeugt. Genau. Eine andere Theorie erschien ihm hier sehr viel wahrscheinlicher – vor allen Dingen, wenn er andere Jungs seines Alters beobachtete, die völlig unverkrampft und locker mit den unerreichbaren Göttinnen umsprangen. Und in dieser anderen Theorie spielten die Begriffe ‹Qual›, ‹Folter› und ‹sadistischer Hohn› eine recht zentrale Rolle.

Es gab da anscheinend einen elitären Club, aus dem er einfach per se ausgeschlossen war. Ein goldgerahmtes Foto von ihm an der Eingangstür, mit dem Schriftzug ‹Ich muss draußen bleiben› versehen. Er kam sich vor wie jemand, der sich heimlich an die Fenster des Clubs heranschlich, ab und zu einen Blick riskierte, um anschließend mit konkreter werdenden Selbstmordabsichten ein wunderliches Interesse an allem zu entwickeln, was mit der Konstruktion und Beschaffenheit von Autobahnbrücken zu tun hatte.

Er sah sie jeden Tag. Amanda. Und jeden Tag etwas mehr von ihr. Denn je mehr die Temperaturen nach der Regenperiode der letzten Wochen wieder stiegen, desto weiter sanken die ohnehin knappen Bünde der Hüfthosen.

Um ehrlich zu sein, David interessierte sich nicht sonderlich für Mode. Aber es gab durchaus Modetrends, die selbst von ihm nicht unbemerkt blieben. Und eines hatte er mittlerweile begriffen: Es machte wirklich einen gravierenden Unterschied, ob es der korpulente Nachbar in seinem Jogginganzug war, der ungefragt seinen fetten Arsch halb entblößte, während er samstags seinen Wagen wusch, oder ob Amanda sich im Unterricht nach ihrer Tasche oder auf dem Flur nach ihren offenen Schnürsenkeln bückte.

Drogensüchtig. Akut. Genauso fühlte sich David in diesen Tagen, kurz vor den Sommerferien. Absolut abhängig. Nicht mehr zurechnungsfähig. Immer auf der Suche nach dem nächsten Schuss.

Nun gehörte Amanda zu jener Spezies Mädchen, die die Verwendung von Gürteln aus Gewissensgründen strikt verweigerte. Und ohne Übertreibung konnte man behaupten, dass sich ein bestimmtes Bild unwiderruflich in Davids Netzhaut eingebrannt hatte: zwei pralle, fleischige Halbkugeln, deren oberes Drittel sich nicht länger von Jeansstoff und Hosenbund bändigen ließ – und ein schattiger Spalt, der Amandas dunkelste Geheimnisse streng hütete.

Weshalb ihm bei diesem Anblick das Blut direkt in die Schwellkörper seines Penis‘ schoss, beim Anblick des fetten Nachbarn aber nur der Mageninhalt zurück in die Speiseröhre, konnte David beim besten Willen nicht sagen. Es war aber auch nicht von Belang. Es gab Dinge, die waren einfach so, wie sie waren. Und die brauchte man auch nicht ständig zu hinterfragen. Es genügte, dass sie da waren. Solange sich daran nichts änderte, war alles im grünen Bereich.

Das eigentliche Problem bestand jetzt ja nur darin, dass sich für die nächsten sechs Wochen eben alles ändern würde. Und zwar gravierend.

Sommerferien. Ein weltumspannendes Phänomen, das bei Millionen von Schülern rund um den Globus für die Ausschüttung gewaltiger Mengen Serotonins und Endorphine sorgte. Nur bei David versagte die alljährliche Ausschüttung des Hormon-Jackpots aufs Kläglichste.

Wie sollte er das nur überleben?

Sechs Wochen lang! Ohne auch nur einen winzigen Blick auf Amandas verlockende Ritze werfen zu können! Ohne sie auch nur in der Nähe zu wissen!

Als David am Morgen des ersten Ferientags erwachte, setzte er sich gähnend auf die Bettkante, die Ellbogen auf die Knie gestützt, und duckte den Kopf unter seine schützenden Hände. Verzweiflung machte sich in ihm breit. Und ein entsetzliches Gefühl der Trauer. Des Verlusts. Amanda. Nein, noch schlimmer: Amandas halb entblößter, unaussprechliche Wonnen und widerliche Perversionen versprechender Arsch ...

Ob es wohl attraktive Autobahnbrücken in der Nähe gab?

Sein Alter Ego meldete sich und konfrontierte ihn mit der Frage, ob er denn total bekloppt sei. Die Tussi habe ihn nicht ein einziges Mal angesehen! Die freue sich höchstens, dass er ihr die nächsten sechs Wochen nicht mehr über den Weg lief!

Ja, das stimmte schon, war irgendwie nicht von der Hand zu weisen. Aber Amanda, sie war so geil!

Die klar denkende Instanz in ihm holte ihn erneut gnadenlos runter, auf den harten Boden der Tatsachen: Das Einzige, was Amanda geil findet, seien Boutiquen, französische Markenartikel, deren Namen er nicht mal aussprechen könne, und Papis Geld, das sie sinnlos für Make-up verschleudere. Leute, die David heißen, kämen in ihrem ‹Was-ist-geil-2006-Lexikon› gar nicht vor! In ihren persönlichen Charts ‹Zehn gute Gründe für sexuelle Enthaltsamkeit› belege er allerdings die ersten fünf Plätze.

«Okay», murmelte er niedergeschlagen, «das nenne ich doch mal einen perfekten Anfang ...» Dann stand er auf, verfluchte im Stillen den Erfinder der Sommerferien und überlegte, ob er nicht vielleicht einfach das Frühstück verweigern sollte, um gegen diese aufoktroyierte asketische Zwangsmaßnahme des Kultusministeriums zu demonstrieren. Doch der beißende Schmerz, mit dem sein knurrender Magen gegen diese schwachsinnige Idee protestierte, überzeugte ihn schnell davon, dass später ein gemütlicher Verdauungsspaziergang quer über die A1 vielleicht doch die bessere Option war.

•••

Es hatte nur diese unfaire Wahl für David gegeben. Entweder allein zurückzubleiben, sechs Wochen vereinsamend im Bett zu verbringen und sich in Selbstmitleid, süßer Melancholie und unerfüllbarer Sehnsucht zu suhlen. Oder aber mit den Eltern ein paar Wochen an die Ostsee zu fahren.

Ostsee? Hallo? Welchen Grund sollte es bitteschön geben, freiwillig an die Ostsee zu fahren, wenn man an die Côte d'Azur fahren konnte? Oder an die Küste von Amalfi! Oder an die Adria? Oder ...

Davids Vater ahnte, woher die Reizbarkeit und Streitsucht seines Sohnemanns kommen mochte. Er ließ sich gar nicht erst auf Diskussionen ein.

«Es wäre natürlich wirklich toll von dir, wenn du die nächsten vier Wochen hier nach den Blumen sehen, regelmäßig den Rasen mähen, die Fenster putzen und täglich die Fische und Katzen füttern könntest!», gab er lakonisch von sich.

David zog eine verkniffene Grimasse.

«Ich meine», fuhr sein Vater fort, «das spart uns schließlich eine Menge Geld. Außerdem, einer muss den Job so oder so machen. Vielleicht schreiben deine Freunde dir ja auch zwischendurch eine Postkarte aus dem Urlaub. Zur Zerstreuung. Ist sicher fein, zu sehen, wie die anderen sich bei Sonne, Strand und Meer, mit hübschen Bikinimädchen und leckeren Cocktails vergnügen, während man selbst völlig allein zu Hause vor sich hinvegetiert. Hast ja Recht. Sinnvolle Sache. Stärkt auch die Phantasie. Nach den Ferien will man schließlich was zu erzählen haben, nicht wahr?» Damit, und mit einem vertraulichen Schulterklopfen, war das Streitgespräch beendet, noch ehe es richtig angefangen hatte. Also fuhr David eben mit an die Ostsee, um nach den Ferien was zu erzählen zu haben.

Das einzig Fatale an der Situation war, dass sein Vater nicht präzisiert hatte, wem er später eigentlich was erzählen sollte – und vor allem wie detailliert. David ahnte noch nicht, dass genau diese Fragen schon bald äußerst relevant werden sollten ...

●●●

Das Haus stand am Ortsrand, nur ein paar Minuten vom Strand entfernt. Es war eine eigentümliche Idylle, der etwas Fremdartiges anhaftete, wie David fand. Fast als würde ein unsichtbarer Schleier über dem Ort liegen, der noch etwas hinter sich verbarg, was man auf den ersten Blick nicht sehen konnte.

Und dann die Dünen mit ihren hohen Gräsern, die salzhaltige Brise und eine Atmosphäre, die – David suchte einen Moment nach dem passenden Wort, um sie für sich zu benennen – irgendwie, ja, verstörend wirkte.

Es konnte an der ungewohnten Stille liegen. Hier draußen hörte man nicht das beständige Hintergrundrauschen des Straßenverkehrs. Keine schrillen Alarmanlagen von Autos, die kakophonisch loskreischten. Nicht alle Viertelstunde das Heulen von Sirenen, mit denen Kranken- und Notarztwagen durch die Straßen heizten.

Das also war der Geruch des Urlaubs, der Ostsee. So klang das beklemmende Schweigen des Sommers.

Kaum dass sein Vater die Bremsen angezogen hatte, sprang David aus dem Wagen, stemmte die Hände in die Hüften und ließ die ersten Eindrücke des alten Hauses und der fremden Umgebung auf sich wirken. Misstrauen spiegelte sich in seinem Gesicht.

Zu vertraut. Zu beruhigend.

Es hatte etwas an sich, das ihn an die berühmt-berüchtigte Stille vor dem Sturm erinnerte. Diese Ruhe und Entspannung, die einen nur aus einem einzigen Grund einlullen und in Sicherheit wiegen wollte, nämlich um anschließend mit umso grausamerer Wut über das ahnungslose Opfer hereinzubrechen.

Es war nicht direkt ein Déjà-vu, was David erlebte. Und doch hatte die für ihn so fremde Umgebung etwas beunruhigend Vertrautes an sich, wie eine Landschaft, die man aus einem Traum zu kennen glaubt und zum ersten Mal in Wirklichkeit betritt. Auf einmal war da eine schleichende Sorge, die sich in ihm ausbreitete. Wie war dieser Traum wohl weitergegangen? Waren sie in dieses Haus gegangen? Hatte sich etwas Schreckliches ereignet? In Sekundenschnelle spielte sein Gehirn die wildesten Horrorszenarien durch. Mord. Blut. Feuer. Die tödliche Strömung des Meers. Strudel, die einen in die Tiefe rissen. Was war passiert? Er konnte sich nicht mehr an den Traum erinnern. Falls er ihn überhaupt geträumt hatte ...

David zwang sich selbst zur Ordnung – und half seiner Mutter beim Tragen des Gepäcks. Zumindest eines konnte man diesem Ort an der Ostsee nicht absprechen: Es regte auf geradezu unheimliche Weise die furchtbarsten Tiefen seiner ohnehin überreizten Phantasie an.

Sie gingen zum Haus. Seine Mutter vorneweg. David hinter ihr her. Gedankenverloren blickte er ins Leere, sah plötzlich wieder Amandas aufreizende, sanft hin und her wackelnde Pobacken vor sich – und schrak schamvoll zusammen, als ihm klar wurde, dass er gerade seiner eigenen Mama ungeniert auf den Allerwertesten gestarrt hatte, wenn auch in keiner Weise bewusst!

Ihr bauchfreies Top verbarg nicht die Schweißtropfen auf ihrer Haut, die sich gesammelt hatten, um jetzt dort hinabzurinnen. Salzig und verlockend in die dunkle weibliche Tiefe.

«... oder findest du nicht, David?», sagte sie unvermittelt.

Ihre Stimme riss ihn aus seinen Gedanken, doch es war die eine berühmte Sekunde, die er zu langsam reagierte.

Sie blickte über die Schulter zurück, ohne stehen zu bleiben. Gerade rechtzeitig, um noch zu sehen, wie ihr Sohnemann den Blick wie ein ertappter Sünder hob. Gerade rechtzeitig, um zu begreifen, auf welcher Stelle ihres Körpers sein Blick kurz vorher noch verweilt hatte ...

David hoffte, dass sie die Röte, die seinen Hals jetzt hinaufkroch und sich in seinem Gesicht ausbreitete, auf das herrliche Sonnenwetter schieben würde.

«Ja», bestätigte er und nickte hastig. «Wirklich ganz ... ähm ... bezaubernd ...»

Oh, Gott! Was laberte er denn da? Das klang ja wie: «Oui, madame – Ihr süßer kleiner Popo ist wirklich ganz und gar bezaubernd. Sind Sie d'accord, wenn ich meinen Purpurschwengel tief in ihn reinstecke und Sie bis oben hin volllaufen lasse?»

Ein eigentümliches Funkeln trat in ihren Blick. Und ein schelmisches Lächeln umspielte plötzlich ihre Lippen. Dann blickte sie wieder nach vorn.

Nein. Sie wusste es. Sonnenschein als Ausrede zog nicht.

David wollte vor Scham im Boden versinken.

Scheiße.

Amanda und ihr verkommener Modegeschmack.

Aber jetzt, wo das Unglück schon mal passiert war, wagte er – diesmal ganz bewusst – einige verstohlene Blicke auf den knackigen Popo vor sich, der sich unter der hautengen Jeans seiner Mutter abzeichnete.

Sahen sie sich von hinten ähnlich?

In Gedanken legte er die ‹Amanda-Schablone› über den Po seiner Mama. Da und dort würden die fleischigen Rundungen verlockend über den Hosenbund treten, wenn sie jetzt in die Hocke ginge. Und dann musste an dieser Stelle dort der verbotene, schattige Spalt beginnen ... Wie es sich anfühlen mochte, die beiden prallen Hälften zu ergreifen, sacht auseinander zu ziehen und den dunklen Spalt zärtlich mit der Zunge nachzufahren? Von oben angefangen. Langsam hinab. Weiter nach unten. Stück für Stück mit der Zunge über die warme Haut zu gleiten, bis man schließlich an diese Stelle gelangte ... diese ungehörige, obszöne, blütenweiche Stelle, die ...

Himmel und Hölle! Was war denn bloß los mit ihm?

Lag es lediglich an der unwirklichen Atmosphäre dieses abgeschiedenen Ortes, dass seine Phantasie auf solch empörende Weise angeheizt war? Oder war vielleicht wirklich irgendwas nicht in Ordnung mit ihm?

Sie hatten die Treppenstufen vor dem Eingang des alten Hauses erreicht, als die Stimme hinter ihnen erklang.

«Jule?»

Davids Mutter blieb stehen und wandte sich um.

Es war sein Vater, der sie gerufen hatte. Er stand noch beim Wagen und holte Sachen aus dem Kofferraum.

«Was denn?», rief sie zurück.

«Meine CDs?»

«Sind noch im Wagen!»

«Ist gut!»

David verdrehte die Augen, würgte den Kloß in seiner Kehle angestrengt hinab und versuchte, seinen rasenden Puls, das hämmernde Herz unter Kontrolle zu bekommen. Er wollte nicht an den Strand denken. Und an die knappen Bikinis, die seine Mutter dort tragen würde. Er wollte sie nicht sehen, wenn sie sich oben ohne in den Sand legte, um von der Sonne gebräunt zu werden. Wie sie sich dann auf den Bauch legen würde, um der Welt ihre durchtrainierte Hinteransicht darzubieten ...

Vielleicht wäre es doch klüger gewesen, zu Hause zu bleiben, sich schmutzige DVDs anzusehen und später als völlig dehydrierte Leiche aufgefunden zu werden. Aber für einen Rückzieher war es jetzt zu spät. Definitiv.

Na wunderbar. Dann konnte der Urlaub ja jetzt so richtig beginnen.

●●●

Die nächste Merkwürdigkeit ließ nicht lange auf sich warten.

Sie betraten das Haus und wurden von einer älteren Frau begrüßt, die Ellen hieß.

«Eigentlich Leonor», sagte sie, «aber alle Welt nennt mich Ellen.»

Eine Tante, wie Davids Vater ihm erklärte.

«Aber sag nur Ellen zu mir, ja? Lass die Tante ruhig weg. Macht mich so alt, sonst.»

Sonderbar. Wieso hatte er noch nie von dieser Tante gehört, die hier allein in einem ziemlich großen Haus, wovon er sich nun mit eigenen Augen überzeugen konnte, an der Ostsee wohnte? Und zu welchem Familienzweig gehörte diese Tante Leonor-Ellen eigentlich? War sie die ältere Schwester seines Vaters? Oder seiner Mutter? Wenn man nach Familienähnlichkeiten suchen wollte, mühte man sich vergebens. Oder war sie vielleicht die Tante seines Vaters? Dafür wiederum wirkte sie eigentlich zu jung. Wobei es nicht völlig unmöglich gewesen wäre. Eine Patentante vielleicht. Eigentlich war es ja nicht so wichtig. Trotzdem wollte David sich bei passender Gelegenheit danach erkundigen.

Den Vorschlag seiner Mutter, vorzugehen, um ihm oben sein Zimmer zu zeigen, lehnte David höflich aber bestimmt ab. Er war sich nicht sicher, ob er jemals wieder hinter seiner Mutter eine Treppe hochgehen konnte, ohne auf seltsame Gedanken zu kommen.

«Ein außergewöhnlich hübscher Junge», kommentierte Ellen Davids Aussehen, nachdem er oben in seinem Zimmer verschwunden war. «Und so charmant. So höflich. – Ganz der Vater, wie ich vermute», fügte sie hinzu. Dabei zwinkerte sie Davids Mutter zu. Jule lächelte. Ja, die beiden waren sich zweifellos ähnlicher, als sie es wahrhaben wollten.

«Wie alt ist er denn jetzt?»

«Neunzehn», erwiderte Davids Mutter.

«Neunzehn», wiederholte Ellen und betonte dabei die Silben auf so zögerliche Art und Weise, als wäre sie in Gedanken schon wieder bei einer ganz anderen Sache. Auch ihr Gesicht nahm für einen Moment einen leeren, versunkenen Ausdruck an. Dann lächelte sie plötzlich wieder. «Die Mädchen sind sicher alle ganz verrückt nach ihm.»

«Ja, allerdings», sagte Davids Vater, warf Jule einen schwer zu deutenden Blick zu und fügte noch hinzu: «Sie ziehen ihn mit ihren Blicken geradezu aus.»

Als sie abends im Bett lagen, ließ Juliane den anstrengenden Reisetag noch einmal Revue passieren. Ein außergewöhnlich hübscher Junge, diese Bemerkung der Alten ging ihr nicht mehr aus dem Sinn. Wie ein entferntes Echo hallte es tief in ihrer Brust wider. Sicher, David war ein hübscher, gut gebauter Bursche. Sein Gesicht, insbesondere seine Lippen hatten vielleicht einen leicht femininen Touch, was ihn aber umso hübscher machte. Dazu sein dunkelblondes, wirres Haar und eine sportlich-athletische Figur ...

Manchmal wunderte sie sich schon darüber, dass er nicht jeden Tag mit einem anderen Mädchen im Arm nach Hause kam. Ein Mal hatte sie ihn vorsichtig danach gefragt, ob er sich vielleicht nicht so sehr zum weiblichen Geschlecht hingezogen fühle. David hatte das Gespräch ziemlich schnell beendet, ohne klar Stellung zu beziehen. Solche Themen mit ihr, seiner Mutter, zu besprechen, war ihm hochgradig unangenehm. Es war zwar nicht unmöglich, dass er vielleicht eher einen Hang zum Gleichgeschlechtlichen verspürte – aber so recht vorstellen konnte sie es sich eigentlich nicht. David war einfach ein Mensch, der seine eigene Schönheit, seinen eigenen ‹Marktwert› niemals richtig einzuschätzen wusste. Das machte ihn auf eine gewisse Art sehr sympathisch, da er sich nicht wer weiß was auf sein Aussehen einbildete. Andererseits natürlich ließ er sich durch seine eigene Zurückhaltung und Schüchternheit vermutlich die besten Gelegenheiten durch die Finger schlüpfen. Und andere Jungs, die vielleicht nicht halb so gut aussahen, dafür aber mit größerem Selbstbewusstsein auftraten, schnappten ihm die interessantesten Mädels vor der Nase weg.

Aber eines stand für sie fest: Der Junge brauchte dringend ein Mädchen. Jemand musste ihn endlich mal in die praktischen Liebeskünste einweisen. Das Leben bestand schließlich nicht nur aus dem Spaß, den andere Leute miteinander hatten. Irgendjemand musste diese Aufgabe mal ernsthaft in die Hand nehmen. Aber, wer wusste es schon: Vielleicht würden sich ja während ihres Aufenthalts hier einige prickelnde Gelegenheiten dazu bieten?

●●●

David konnte nur einen flüchtigen Blick auf das Foto erhaschen, es lag neben einem Briefumschlag auf dem Tisch im Esszimmer: eine junge, hübsche Frau und daneben ein junger Mann, der ihm im ersten Moment vage bekannt vorkam. Da hatte die alte Ellen das Bild auch schon wieder vom Tisch genommen, in ein Kuvert gesteckt und ihn gefragt, ob er jetzt nicht runter zum Strand gehen wolle. David nickte und murmelte etwas von einer Wasserflasche, die er noch vergessen habe. Er nahm die Flasche, dann war er auch schon verschwunden.

Was ging in diesem Haus vor? Wieso diese übertriebene Hast, mit der die Alte das Foto hatte verschwinden lassen?

Außerdem hatte sie gelogen. Dessen war sich David ziemlich sicher. Sie hatte behauptet, allein zu leben. Aber da war noch jemand. Eine weitere Person. Jemand, der morgens vor ihm im Bad gewesen war. Jemand, der Lippenstiftreste an Gläsern zurückließ. Jemand, der ein ganz spezielles Parfum benutzte. Und der nachts, so leise es ging, über den Flur schlich.

Ja, jetzt nach vierzehn Tagen war er sich ganz sicher. All diese kleinen Merkwürdigkeiten, die er bemerkt hatte, fügten sich langsam zu einem Bild zusammen. Da war noch jemand. Jemand, der sich niemals blicken ließ. Aber manchmal nicht verhindern konnte, dass lange, blonde Haare auf dem Handtuch im Bad zurückblieben. Und die waren nicht von seiner Mutter.

Dann dieses Getuschel zwischen seinen Eltern und Leonor-Ellen. Diese Gesprächsfetzen, die er hier und da aufgeschnappt hatte.

«Nein, ich denke nicht, dass das eine gute Idee wäre. Es ist zu früh. Er ist noch nicht so weit», hatte sein Vater gesagt. «Es könnte ein Schock für ihn sein.»

«Wie lange willst du es denn noch hinausschieben? Meine Schwester hätte sicher auch nichts dagegen einzuwenden.» Das war Ellens Stimme gewesen.

«Ellen hat Recht», mischte sich Jules Stimme ein. «Auch ich hätte nicht das Geringste dagegen. Im Gegenteil, ich würde mich sogar sehr darüber freuen! Und irgendwann muss es doch schließlich mal sein. Ich meine, David ist jetzt neunzehn Jahre alt! Und ich bin seine Mutter. Gibt es jemanden, der ihn besser an diese neue Erfahrung heranführen könnte, als die Frau, die ihn am meisten liebt?»

«Stimmt schon», hatte Davids Vater gesagt. «Aber ich denke, da hat sicher noch jemand ein Wörtchen mitzureden, oder? Wir wissen schließlich nicht, wie er auf diese Annäherung reagieren wird.»

Es könnte ein Schock sein?

Annäherung?

Neue Erfahrung?

Ellens Schwester?

Die Alte hatte doch immer behauptet, völlig alleine hier zu leben. Keine weitere Verwandtschaft. Und jetzt das. Was wurde ihm denn hier verheimlicht? Auf welche Annäherung seiner Mutter könnte er geschockt reagieren?

Allein bei dem Gedanken, der ihn nun leise flüsternd beschlich, begann sein Puls zu rasen. Die Handflächen wurden schweißnass. Und zwischen seinen Schenkeln machte sich ein heißes, aufwallendes Gefühl breit.

Hatte er wirklich alles richtig verstanden?

Seine Mutter machte sich Sorgen um etwas, was mit ihm zu tun hatte, weil er schon neunzehn war – und wollte ihn gerne selbst an eine neue Erfahrung heranführen? Eine Erfahrung, eine Annäherung, die ihn schockieren könnte!

In Sekundenschnelle gingen ihm unsagbare Gedanken durch den Kopf ...

Worum es bei dieser Verschwörung, die hinter seinem Rücken angezettelt wurde, nun eigentlich ging, war jedoch nicht herauszubekommen. Jedes Mal, wenn David plötzlich aufkreuzte, wurde abrupt das Thema gewechselt und alle lobten das tolle Wetter und wie viel Spaß ihnen der Urlaub hier an der Ostsee machte.

David fragte sich ernsthaft, ob er stark genug sein würde, diese Begegnung durchzustehen, die da auf ihn zukam? – Abends vor dem Schlafengehen bereitete er sich mental darauf vor. Besser, er machte sich mit allen möglichen und unmöglichen Vorstellungen vertraut, um für den Ernstfall fit zu sein ...

●●●

Dann war sie dem Meer entstiegen.

Die Nymphe.

Eines Abends, unverhofft. Überraschend und von so berückender Schönheit, wie Sandro Botticellis ‹Venus›. Zwischen den Dünen, die Davids Sichtfeld eingrenzten.

Zunächst nur eine dunkle Silhouette im rotglühenden Gegenlicht der untergehenden Sonne. Doch als sie näher kam, konnte er ihr Gesicht deutlich erkennen – und Amandas blasse Arschbacken, der herbeigeredete Herzschmerz und die imaginären Protestaktionen zur Abschaffung der Sommerferien waren von jetzt auf gleich vergessen. Nur noch eine schale Erinnerung an ein unwürdiges Leben, das er bislang auf Knien gelebt hatte und das er dringend vergessen wollte.

In dem Augenblick, als er sie sah, wusste er, dass es an der Zeit war, sich endlich zu erheben. Stolz. Und zu voller Größe.

Das rauschende Meerwasser umspülte schäumend ihre Füße und perlte aufblitzend von ihrem gebräunten, splitterfasernackten Körper. Myriaden blutroter und goldener Brillanten, die jeden Zentimeter ihrer Haut liebkosten, in jedes noch so kleine Fältchen eindrangen.

Wenn es jemals eine Meeresgöttin gab, die ihr Element verließ und an Land ging, um einem jungen, überreizten Mann den Kopf zu verdrehen, dann war das jetzt der Moment. Es würde keinen zweiten geben. Nie wieder. David spürte das instinktiv.

Er hatte eine ganze Weile zwischen den Dünen im Sand gesessen und vor sich hingeträumt, hatte über die wundersamen Geheimnisse und Heimlichkeiten seiner Eltern, der alten Ellen und ihres Hauses nachgedacht.

Aber jetzt erhob er sich.

Ging ihr entgegen. Und bückte sich nach dem Handtuch, ehe die unwirkliche Undine es erreichen konnte. Als sie vor ihm stand, ohne Scham und mit dem natürlichsten Selbstverständnis, das man sich nur denken konnte, reichte er es ihr. David schluckte. Jetzt bloß nichts Falsches sagen.

«Dein Handtuch», war das Einzige, was ihm spontan über die Lippen kommen wollte. Die Undine schenkte ihm ein Lächeln, das seine Knie in eine perfekte Imitation geschmolzener Butter verwandelte. Dann nahm sie das Handtuch und erwiderte mit einer Stimme aus reinem Samt: «Ich weiß.»

•••

Als sich in der Nacht die Tür seines Zimmers leise einen Spaltbreit öffnete, wusste David, wer ihn da besuchen kam. Und er schickte ein Stoßgebet gen Himmel, dass er stark genug sein würde. Er wollte sie nicht zurückweisen. Niemals. Er wollte das Wagnis eingehen. Wie bizarr und ungehörig es auch sein mochte.

Die Tür schloss sich wieder. Der Schlüssel fuhr herum.

Er war nicht mehr allein im Zimmer. Warme, zärtliche Frauenfinger glitten unter das dünne Laken, strichen ihm über die nackte Haut. Sie schlüpfte zu ihm ins Bett, presste ihren warmen, weiblichen Körper eng an ihn. Unbeschreiblich.

David bekam keine Luft mehr. Nur mühsam wollte es ihm gelingen, seinen Atem im Zaum zu halten. Was tat er hier? Was taten sie hier? Hier. Weit weg von zu Hause. In einem düsteren, großen Haus an der Ostsee. An einem sinistren Ort, wo gesellschaftliche Regeln und Konventionen ihre Bedeutung verloren.

«Du ...?», war alles, was David mit wispernder Stimme sagen konnte. Er hatte das Gefühl, sie würde es sofort merken, wie sehr er vor Erregung und mühsam unterdrückter Lust zitterte. Ja, er wollte sie. Er hatte es sich wohl oder übel eingestehen müssen. Es führte kein Weg daran vorbei. Wie hatte seine Mutter es in dem eigenartigen Gespräch ausgedrückt? ‹Eine neue Erfahrung› – die er unbedingt machen wollte. Es würde ja niemand erfahren. Sie würden es beide vor der Welt verheimlichen. Nur dieses eine Mal. Diese eine Nacht. Für eine Sekunde überfiel ihn die grauenhafte Angst, sein Vater könnte ins Zimmer hereinplatzen und sie beide hier erwischen. Nackt in diesem Bett. Nebeneinander, ineinander verschlungen, während sie sich auf verbotene Weise küssten. Wie er reagieren würde, wenn er sah, wie David ihre prallen Hinterbacken umfasste? Wie er ihre vor Erregung aufgerichteten Brustwarzen leckte ... und mit harten, rhythmischen Stößen zwischen ihre Schenkel eindrang? Seinen harten, tabulosen Schwanz in sie hineintrieb.

Nein. Sie hatte doch die Tür abgeschlossen. Sein Vater würde sie nicht überraschen.

«Du», hauchte er noch einmal stimmlos. «Das ist so unglaublich ...»

«Schscht», machte sie nur und legte ihm sanft die Kuppe ihres Zeigefingers auf den Mund. «Sag einfach nur Juliane zu mir, in Ordnung? Ich bin einfach nur Jule, und du bist David. Mehr nicht.»

Mehr nicht, wiederholte David in Gedanken und deutete ein hilfloses Nicken an. Er schloss die Augen, sah diese wippenden, aufsehenerregenden Hinterbacken vor sich ... und den Schweiß, der in kleinen Rinnsalen über die Haut geglitten war, Einfach nur Jule ...

Er wollte wissen, wie es war, sie zu berühren, sie auseinander zu ziehen, ihr den salzigen Arsch auszulecken – ihn mit seiner zuckenden Männlichkeit zu spalten. Mehr nicht.

Ihre Hand wuschelte sich in sein Haar, was ihm eisige Gänsehautschauer verursachte. Die andere Hand erkundete seinen jungen, aufregenden Körper. Umkreiste mit leidenschaftlicher Neugier seine Brustwarzen, glitt über den Bauchnabel und krallte sich mit sanfter Gewalt in das krause Schamhaar.

Er konnte ihren Atem in seiner Halsbeuge spüren.

Heiß und verlangend.

Sie ist einfach nur Jule.

Ihre raue Katzenzunge, die jetzt begann, ihn zu necken.

Und ich bin einfach nur David.

Sie roch nach parfümierter Sonnenmilch, glühendem Verlangen und etwas sehr Weiblichem, das er nicht näher in Worte zu fassen wusste. Ihre linke Hand tastete sich jetzt über die Innenseite seiner Schenkel. Dorthin, wo die Haut so zart und verletzlich war. Und versiegelte seine Lippen mit einem lodernden Kuss, der ihm beinahe die Sinne raubte. Er schämte sich dafür, dass sein Penis hart geworden war. Sie würde es bemerken, schon sehr bald.

Die Lust war unfassbar. Zu überwältigend. Und ja, es gefiel ihm, sich ihren erfahrenen Händen hinzugeben. Sich ihr zu überlassen. Er erwiderte ihren Kuss und öffnete seinen Mund, als er fühlte, dass ihre Zunge feucht schlängelnd Einlass erbat.

Dann vergaß er einfach, wer sie war. Vergaß auch, wer er selbst war.

Denn ihre langen Fingernägel kratzten in einer quälend langsamen Bewegung über die empfindsame Haut seiner Hoden ... und bewegten sich dann weiter aufwärts ...

•••

Nachdem sie sich ebenso heimlich davongeschlichen hatte, wie sie gekommen war, fiel David in einen unruhigen und zunächst auch traumlosen Schlaf. Irgendwann kehrten die Bilder der Liebesnacht zurück: die schaukelnden Halbkugeln ihres erotisierenden Popos. In heftige Wellenbewegungen hatte David sie versetzt, mit jedem unnachgiebigen Stoß, den er gegen die enge, rosettenförmige Öffnung ihres stöhnenden und keuchenden Körpers geführt hatte.

Jules volle Brüste, die unvergleichlichen Fältchen zwischen ihren Schenkeln. Im blassen Mondlicht hatten sie geschillert, wie von verbotenem Tau benetzt, den David mit gieriger Zunge abgeleckt hatte.

Jule hatte ihm die Scheu genommen. Ja, sie hatte um mehr gebettelt. War auf ihm geritten, hatte ihre überlaufende Blase in seinen Mund entleert – und sich mit aller Kraft am Kopfende des Bettes festgekrallt, als er ihr ihren ungehörigsten Wunsch erfüllte. Sie spürte ein vages Brennen, in ihrem Hinterpförtchen, als David es in sie hineinfließen ließ. Eine dicke Ader wurde auf ihrer Stirn sichtbar. Auch die Adern seitlich an ihrem Hals traten dick und geschwollen hervor, als sie ihn über die Schulter zurück anblickte, während er ihr das Unsagbare antat. Und die Lust, die er ihr damit bereitete, verlieh ihm das Gefühl von Macht und Männlichkeit.

«Gefällt es dir, kleine Jule?», raunte er ihr ins Ohr.

«Uuh ... ja ... es brennt ... es macht mich verrückt! Weiter, weiter ...!»

«Willst du mehr? Ich habe noch mehr für dich.»

«Ja!», stieß sie ekstatisch hervor. Ihre Erregung und Lust waren verrucht und maßlos. Beinahe schon furchterregend. «Mehr! Gib mir mehr! Alles in meinen kleinen, engen Arsch!»

Davids flüssig goldener Nektar floss in Strömen in ihren Körper.

«Hure», flüsterte er. Sein Atem ging flach. Mit aller Gewalt unterdrückt.

«Ja!»

«Kleine dreckige Hure ...» Er umfasste von hinten ihre Brüste, presste sie fest gegeneinander und biss ihr in den Hals. Nicht fest genug, um sie wirklich zu verletzen, aber David spürte, dass die Grenze fließend war. Er musste Acht geben. Nur ein bisschen zu viel konnte das erotische Prickeln zwischen Lust und Schmerz zerstören.

Dann begann er sich hinter ihr zu bewegen. Ließ sein Fleisch in sie hinein- und wieder herausgleiten. Und Jule stieß einen erschauernden Laut aus. David hatte sich an ihrem Hals festgesaugt. Die Zähne hatten sich in ihre Haut gegraben. Es war so wahnsinnig. So lustvoll. Seine Hände an ihren Nippeln, seine wieder anschwellende Männlichkeit tief in ihrer intimsten Öffnung. Sie war schon dermaßen vorgedehnt, dass sie es nicht verhindern konnte, dass unter jedem seiner erbarmungslosen Stöße etwas seines Nektars wieder hervorsprudelte.

«O David ... wie geil ...!»

Sie warf den Kopf in den Nacken und David ergriff ihr Haar, wie man ein Pferd bei den Zügeln nimmt.

«Ab jetzt gehörst du nur noch mir!», keuchte er heiser. «Mir ganz allein!»

«Ja. Mach mit mir, was du willst, David!» Ihre Augen, die ihn beinahe flehend anblickten. «Mach bitte mit mir, was immer du willst!»

•••

Sie hatten ihr Geheimnis für sich behalten. So, wie sie es abgemacht hatten.

Trotzdem wich David schamvoll dem Blick seiner Mutter aus, als er wenige Tage später – es ging bereits auf die Dämmerung zu – ins Wohnzimmer gebeten wurde, wo sie alle auf ihn warteten: die alte Leonor-Ellen, sein Vater ... und auch seine Mutter. Er konnte ihr einfach nicht in die Augen sehen.

Es hätte bedeutet, das Geheimnis zu verraten.

«David.» Es war sein Vater, der den unbeholfenen Versuch machte, auf den Punkt zu kommen. Was war nur mit diesem Haus los? Wieso herrschte hier immerzu diese schwüle, bedrückende Atmosphäre allgegenwärtiger, hintergründiger Perversion?

«Was?», fragte David und streifte nun doch mit einem Blick seine Mutter. Diesmal war sie es, die seinen Augen auswich und rasch zu Boden sah.

«Mein Junge», schaltete sich die alte Ellen ein, «du fragst dich, wieso wir dich hierher gerufen haben, oder?»

«Allerdings», gab er ohne Umschweife zu. «Was Wichtiges?»

«Bitte setz dich einen Moment», sagte seine Mutter und rückte einen Stuhl zurecht.

David nahm Platz, versuchte der Berührung ihrer Hand auszuweichen und die glühenden Erinnerungen der Liebesnacht aus seinem Gedächtnis zu vertreiben.

«Worum geht's denn? Ich wollte eigentlich an den Strand, noch ‚ne Runde schwimmen.»

Da war er wieder: der Briefumschlag. Ellen hielt ihn in Händen. Sie zitterten vor nervöser Erregung.

«Vielleicht ist es besser, ich übernehme das ...», meinte sein Vater und griff nach dem Briefumschlag. Er öffnete ihn und zog ein Foto hervor.

In diesem Moment wusste David mit hundertprozentiger Sicherheit, dass hier etwas ganz und gar nicht mehr in gewöhnlichen Bahnen verlief. Aber war das nicht schon länger so? Er wusste nicht, wann es angefangen hatte. Er wusste nur, dass dieses Haus und diese Umgebung einen merkwürdigen, völlig bizarren Einfluss auf alle Menschen zu haben schienen.

«Es ist noch jemand hier mit uns im Haus», fing sein Vater von neuem an. Unbeholfen, umständlich.

Na bitte, David hatte schon die ganze Zeit über den Eindruck gehabt, dass die alte Ellen hier heimlich noch jemanden beherbergte.

«Okay», gab David zurück und blickte unsicher in die Runde. Was wollte man ihm jetzt mitteilen? Dass es hier einen Geist gab? Dass hier ein Verstorbener spukte? Ihn würde nichts mehr überraschen.

«Noch jemand hier im Haus», wiederholte David. Nur für den Fall, dass man ihm unterstellte, er sei nicht bei der Sache. Sein Gesichtsausdruck drückte dabei ein ganz klares und eindeutiges Und? aus.

«Dies hier», fuhr sein Vater fort und tauschte mit Juliane, die neben David saß, einen schnellen Blick aus. Sie nickte ihm aufmunternd zu. «Dies hier ist ein Foto, das vor über neunzehn Jahren gemacht worden ist», erklärte Davids Vater mit erstickter Stimme und reichte es ihm.

David zögerte eine Sekunde, ehe er das Bild entgegennahm. Zögerlich drehte er es um und betrachtete es skeptisch. Tatsächlich. Es war dasselbe Foto, das die alte Ellen letztens so eilig hatte verschwinden lassen. Ein junger Mann war darauf zu sehen, der ihm schon im ersten flüchtigen Moment sonderbar vertraut vorgekommen war. Aber auch die hübsche junge Frau im Arm des Mannes hatte etwas sehr Vertrautes an sich ...

Der junge Mann war ohne jeden Zweifel sein eigener Vater. Knappe zwanzig Jahre jünger. Mehrere Kilo leichter und mit deutlich dichterem Haar ausgestattet.

«Es zeigt mich und ... Sandra ...», hörte David seinen Vater sagen. Und Ellen fügte hinzu, dass Sandra ihre jüngere Schwester gewesen sei – und die Verlobte seines Vaters.

«Sie hat ein Kind erwartet und ist im Krankenhaus gestorben. Bei der Geburt», warf seine Mutter mit leiser Stimme ein.

Also doch Geister und Spukgeschichten? Der Geist dieser verstorbenen Sandra ging hier in diesem Haus um? Sie glaubten doch wohl nicht ernsthaft, dass er jetzt –

Doch da, schlagartig, glaubte David begriffen zu haben!

«Bei der Geburt?» David sprang wie von der Tarantel gestochen auf. «Ihr wollt damit andeuten, dass ... dass du gar nicht meine Mutter bist, sondern ... sondern diese Sandra?» Tränen schossen David in die Augen. Er versuchte, das verräterische Zucken um seinen Mund hinter der flachen Hand zu verstecken. «Nein», brachte er kopfschüttelnd hervor, «das ist unmöglich! Wieso habt ihr es mir nicht vorher –»

«Nein, so ist es nicht!», sagte Jule und nahm ihren Sohn in den Arm. «Nein, David, das ist es nicht ...! Hör mir doch mal zu!»

Jetzt stand auch sein Vater auf, nickte Ellen zu und meinte: «Was wir die ganze Zeit versuchen, dir zu erklären, ist: Du hast eine Schwester!»

Ellen öffnete die Tür zur Veranda und sagte: «Schätzchen, komm doch bitte rein und sag hallo!» Dann, wieder David zugewandt, fügte sie hinzu: «Sie ist so schüchtern und zurückhaltend. Ganz die Mama ...»

David spürte das Herz fast schmerzhaft in seiner Kehle klopfen, als sie plötzlich vor ihm stand. Eine dunkle Silhouette im Türrahmen, im Gegenlicht der untergehenden Sonne. Jetzt verstand er, weshalb ihm das Bild der Verstorbenen so sonderbar vertraut erschienen war. – Sie war ihr beinahe wie aus dem Gesicht geschnitten.

Die Nymphe. Undine. Schaumgeborene. Botticellis Venus mit den verruchten Fingern einer florentinischen Hure. Die Liebesgöttin von makelloser Schönheit.

Seine Schwester, die nur für ihn dem Meer entstiegen war!

«Das ist Juliane, deine Schwester», sagte die alte Ellen.

Sie alle waren sichtlich bewegt, als sie sahen, wie sich auch das junge Mädchen überwältigt die Hand vor den Mund schlug, um seine eigene Rührung zu verbergen.

«Einfach nur Jule», wisperte die Meeresfee, als sie schließlich die Arme um seinen Hals schlang und in seinen tränenumflorten Augen danach forschte, ob er die Leidenschaften und all die Versprechungen der letzten Nacht noch immer halten würde. David schluckte, als er sie umarmte.

«Einfach nur David.»

Mach mit mir, was du willst.

«Mehr nicht.»

Mach bitte mit mir, was immer du willst.

«Nein. – Mehr nicht.»

Die verbotenen Früchte der Wollust

«Und du hast es wirklich noch nie getan?» Minas Stimme hatte einen schrillen Klang angenommen, als hätte sie gerade einen ziemlich unanständigen Witz zu hören gekriegt. Und der ungläubige Ausdruck in ihrem Gesicht erweckte in Cora ein ungutes Gefühl. Weshalb nur hatte sie plötzlich das sonderbare Empfinden, ein unreifes kleines Schulmädchen zu sein, das sich naiven Vorstellungen romantischer Liebe hingab und vom echten Leben keinen blassen Schimmer hatte?

Verlegen nahm sie die Unterlippe zwischen die Zähne und verfolgte die langsam kreisenden Bewegungen des Sahnehäubchens auf ihrem Cappuccino, als wolle sie das dampfende Getränk hypnotisieren. Sie spürte, wie ein heißer Hauch Schamesröte über ihre Wangen huschte – und hasste sich zugleich für die Blöße, die sie sich damit vor ihrer selbstgefälligen Kommilitonin gab.

Mina deutete auch prompt ein sprachloses Kopfschütteln an und beugte sich dann ein wenig vor. Musste ja nicht jeder mitbekommen, was sie hier unter vier Augen besprachen. Wenn man in einer Uni-Cafeteria, die von lärmenden und rauchenden Heerscharen bevölkert war, überhaupt irgendwas unter ‹vier Augen› besprechen konnte.

«Du machst dich über mich lustig, oder?», fragte Wilhelmina noch einmal skeptisch nach und nippte an ihrem Latte macchiato.

«Nein! Wirklich nicht!», erwiderte Cora reflexartig. Und hasste sich abermals selbst dafür.

Was um alles in der Welt war nur in sie gefahren? Es war doch wohl offensichtlich, dass Mina sich hier über sie lustig machte! Was gingen diese neugierige Zicke eigentlich all diese intimen Details aus Coras Liebesleben an? Und wieso war sie selbst so blöd, um sich auch noch bei Mina dafür zu entschuldigen, dass sie hier unverhohlen ausgefragt und veralbert wurde?

Eine Mischung aus Wut, Scham und Verzweiflung stieg in Cora auf. Um nichts sagen zu müssen, klammerte sie sich an ihrem Kaffeebecher fest, tat so, als würde sie einen Schluck nehmen, und knabberte lustlos an einem Croissant herum.

«Oh ... wow ...», gab Mina auf eine Weise von sich, die geradezu nach Ohrfeigen schrie. Sie hatte wirklich etwas unglaublich Selbstgefälliges und Besserwisserisches an sich. Und wenn sie diese charakterlichen Schwächen gerade mal nicht zur Schau trug, dann erging sie sich meist in einem gönnerhaften Gehabe, das fast noch schwerer zu ertragen war.

«Du hast es dir also echt noch nie von einem Typen so richtig besorgen lassen?», fragte sie jetzt, und für einen Moment glaubte Cora tatsächlich, einen Anflug von Mitleid in Minas Augen schimmern zu sehen.

Cora warf einen demonstrativen Blick auf die große Uhr an der Wand. Die Pause würde gleich um sein, und sie würde diesem nervenaufreibenden Gespräch in irgendeine stinklangweilige Vorlesung entfliehen können. Aber wenigstens würde sie dort niemandem darüber Rede und Antwort stehen müssen, von wem und wie oft sie sich in die enge Öffnung zwischen ihren Gesäßbacken vögeln ließ – und ob überhaupt ...

«Wenn du unter ‹richtig besorgen lassen› das verstehst», sagte Cora mit verstimmter Miene, «nein, zum letzten Mal. Auf diese Weise habe ich es mir noch nie ‹besorgen lassen›, um deine elaborierte Ausdrucksweise auch mal zu verwenden.»

«Unglaublich, du bist quasi noch eine Jungfrau ...»

«Ich weiß wirklich nicht, weshalb ich mit dir über so was reden sollte. Lass uns einfach das Thema wechseln, okay?»

«Aber nein, ganz und gar nicht», erwiderte Mina und überging Coras Einwand einfach. «Du musst schon entschuldigen, aber ich war 16, als ich es das erste Mal getan habe. Und seitdem bin ich quasi süchtig danach! Kann es gar nicht mehr lassen. Und allen Mädels, die ich so kenne, geht es ganz genauso. Deshalb war ich jetzt im ersten Moment wirklich ein bisschen verdattert ...»

«Habe ich gemerkt», versetzte Cora ärgerlich.

«Sorry ...», murmelte Mina, presste die Lippen zusammen und verzog bedauernd die Mundwinkel, «wollte dich nicht beleidigen oder so was.»

Ist dir aber trotzdem gelungen, Schlampe, dachte Cora für sich. Laut sagte sie aber: «Ist schon i. O.»

«Dann bist du ja quasi eine Demivierge, nur anders herum!», plapperte Mina munter weiter. «Weißt du, was das bedeutet: eine Demivierge? Das ist französisch und bedeutet –», fuhr Mina fort und wurde direkt von Cora unterbrochen: «Und bedeutet so viel wie Halbjungfrau, danke schön. Forum – Méthode de Français.»

«Alle Achtung!», freute Mina sich, den Umstand, dass Cora schon wieder die Augen genervt verdrehte, einfach ignorierend. «Aber weißt du auch, dass man damit Frauen bezeichnet, die sich fleißig anal penetrieren lassen, dafür aber ihre vaginale Jungfräulichkeit unangetastet lassen?»

«Danke, dass du es mir gerade sagst. Wird mir sicher eines Tages den Arsch retten.»

«Gern geschehen.»

Mina war scheinbar nicht nur gegen die offenkundigen Gesten und mimischen Signale ihrer Mitmenschen immun, sondern auch gegen jegliche Art von Ironie gefeit ...

●●●

So lästig Minas Gequatsche am Nachmittag auch gewesen sein mochte, ihre Worte wirkten trotzdem in Coras Unterbewusstsein nach. Mina hatte vielleicht nur einen Funken entzündet, aber daraus war längst ein Feuer geworden, das unbemerkt weiterschwelte.

Als Cora am Abend die Uni hinter sich ließ und den Rückweg zu ihrer Wohnung antrat, führte ihr Weg sie an diversen Geschäften vorbei. Das erinnerte die hübsche Studentin daran, dass sie noch einiges für zu Hause besorgen musste.

Mit einem vollgestopften Einkaufswagen schlenderte sie schließlich auf die Kasse zu. Dabei machte der Anblick des Gemüseregals das leise wirkende Gift Minas zum ersten Mal spürbar.

O Gott, dachte sie verzweifelt, als ihr Blick über die ausgelegte Kollektion an Karotten, Gurken und Bananen glitt und sich plötzlich sonderbare Gedanken in ihr regten. Ich bin verrückt geworden ... habe den Verstand verloren ... – Cora! Jetzt reiß dich aber zusammen!

Dann entdeckte sie den prallen Schwengel von Zucchini.

Praller Schwengel?! Cora, was redest du denn da?

Sie steckte den Einkaufszettel weg, versuchte nicht darüber nachzudenken, in welchen Körperöffnungen man eine solch prachtvolle, dicke Zucchini verschwinden lassen konnte, griff mechanisch nach einigen Lebensmitteln und starrte plötzlich auf eine verführerisch wirkende, eingeschweißte Salami.

Minas Gift entfaltete sich mehr und mehr in Coras Leib.

Als ihr klar wurde, mit welch lüsternen Gedanken sie die Salami angaffte, errötete sie peinlich berührt. Aber das Phantasiebild in ihrem Kopf war zu verlockend gewesen: eine wunderschön geschwungene Zucchini vorn und die glänzende Salami hinten, ganz tief in ihrem engen, feuchten ...

Verlegen eilte sie zur Kasse, hoffte, dass der Kassierer nicht zufällig ihre versauten Gedanken lesen konnte, und bezahlte hastig.

In ihrer Studentenwohnung angekommen, staunte Cora nicht schlecht, als sie eine eindrucksvolle Sammlung natürlicher Dildos zwischen den übrigen Einkäufen vorfand. Dabei hätte sie jeden Schwur getan, dass sie die Karotten, Gurken, Zucchini und auch die Salami wieder in die Regale zurückgelegt hatte!

Die Wahrheit sah freilich anders aus: Völlig in die unergründlichen Tiefen lustvoller und erotisierender Phantasien versunken, hatte sie die vielversprechenden phallischen Objekte in ihrem Einkaufswagen verstaut, das wissende Grinsen des Kassierers ignoriert und war auf dem schnellsten Weg nach Hause gelaufen.

Ihre Wangen begannen erneut zu glühen, als ihr jetzt klar wurde, zu welchen unbewussten Handlungen Minas begeisternde Worte über die süchtig machenden Wonnen analer Penetration sie veranlasst hatten!

Mit zärtlichen Fingern liebkoste Cora die mächtige Schlangengurke – ein Prachtexemplar von eindrucksvoller Länge und beachtlichem Durchmesser. Unwillkürlich verwandelte sich die dunkelgrüne Liebesfrucht vor ihrem geistigen Auge in das leidenschaftliche, zuckende Glied ihres Freundes, das bereits erste Glückstropfen absonderte.

Torben hatte schon so manches Mal Andeutungen gemacht, dass er sein erigiertes bestes Stück gerne zwischen den Backen ihres Hinterns versenken und bis zum Anschlag in ihren aufreizenden After schieben würde.

Aber, um die Wahrheit zu sagen, sie hatte sich jedes Mal erfolgreich gegen solche Vorschläge zur Wehr gesetzt. Sie befürchtete, es könnte viel eher eine schmerzhafte als Lust steigernde Angelegenheit werden. Außerdem, in erster Linie diente diese Körperöffnung einem anderen Zweck, daher hegte sie gewisse Vorbehalte, was die hygienischen Aspekte eines derartigen Abenteuers anging. Kurz gesagt – Cora hatte diese Variante sexueller Zügellosigkeit für schmutzig und in gewisser Weise pervers gehalten.

Das vage Vorurteil, nur dreckige Huren und Männer mit homosexuellen Neigungen könnten an solchen Spielarten Freude haben, geisterte auch jetzt durch ihren Hinterkopf, während sie unablässig den steil erigierten Schaft der Schlangengurke auf eindeutig obszöne, verlangende Weise streichelte und sie im Geiste bereits in ihren dunklen, jungfräulichen Popo einführte ...

Ihr Atem beschleunigte sich, und ihr lüsterner Blick schweifte unruhig zwischen den ebenso nahrhaften wie verführerischen Analdildos hin und her. Wollüstig und begierig darauf, neue Erfahrungen im Bereich der Erotik und der sexuellen Lüste zu machen. Minas leise tröpfelndes Gift und Coras angestachelte Neugier erwiesen sich jetzt endgültig als stärker als jahrelange Vorurteile!

Die Banane flutschte beinahe wie von selbst in die schwülfeuchte Höhlung zwischen Coras gespreizten Schenkeln. Unter flatternden Lidern verdrehte sie die Augen, blinzelte nur ab und zu in die Welt, die sich langsam aber sicher um sie zu drehen begann. Wie die verruchteste aller Frauen, das perverseste Stück westlich des Rheins fühlte sie sich mit dem Penis-Obst in ihrer Liebesmuschel – umgeben von weiteren lauernden Schwänzen und einer geöffneten Margarinepackung.

Verkommen ... du bist total verkommen, wisperte die entsetzte Moralistin hinter ihrer Stirn, die aber sofort von der liebeswütigen Nymphomanin mundtot gemacht wurde.

Nein, wahnsinnig geil – das ist es, was du bist, Kleines, raunte diese ihr zu, und Cora ließ sich vertrauensvoll in ihre erfahrenen Arme sinken.

Komm, schieb sie dir endlich hinten rein, wisperte die verlockende Stimme aus dem wirbelnden Dunkel hinter ihren Augen. Hör auf, dich wie ein kleines Mädchen aufzuführen! Spürst du nicht, wie dein süßer Mädchenarsch sich danach sehnt, endlich empfangen zu dürfen?

Ihre linke Hand schob die nass glänzende Banane immer wieder vor und zurück. Ein nie gekanntes Gefühl von Hitze, von fiebriger, begehrlicher Lust breitete sich in ihrem Körper aus. Die Fingerspitzen der rechten Hand liebkosten und zwirbelten die anschwellenden Knospen ihrer fleischigen Brüste. Sie spürte, wie die Wärme sich von ihrem Busen strahlenförmig in alle Richtungen ausbreitete, wie das erregende Gefühl einen neuen Feuchtigkeitsschub zwischen ihren Schenkeln bewirkte und ihre Lustgrotte überschwemmte. Ihre Labien wurden stärker und stärker durchblutet, schwollen zu voller Größe an – von ihrem Dekolleté aufwärts drang ein heißer Strom, der ihre Haut mit lodernden Flammen in Brand setzte.

Es war das unvergleichliche Empfinden bizarrer Lust – und unsagbarer Scham für das Abartige, Depravierte, das zu tun sie bereit war. Das sie gerade in die Tat umsetzte.

Komm schon. Schieb sie dir tief in dein schmutziges enges Loch!

Die Luft blieb ihr weg, als die Linke unwillkürlich das Tempo erhöhte, mit dem sie die pralle Banane in ihr Fleisch stampfte. Coras unsteter Blick fand die Mohrrübe ... die Lust versprechende Wurzel, die sich mühelos in die sich gierig weitende Öffnung schieben lassen würde.

Das fiebrige, verlangende Jucken schien von ihrer Bananen verschlingenden Scheide auf das weiche Fleisch der Rosette übergeschwappt zu sein. Sie spürte, wie sich auch dort ein Hauch von Feuchtigkeit angesammelt hatte, wie sich die intimste Öffnung schon längst in saugende Bewegung gesetzt hatte – wie ein hungriges Karpfenmaul. Völlig liebestrunken cremte sich Cora die Rosette mit Margarine ein.

Schieb sie dir in deinen geilen Arsch! Tu es! Jetzt!

Sie dachte nicht länger darüber nach. Ihre Rechte schloss sich beinahe schon automatisch um die rot-orangefarbene Wurzel. Die Linke trieb die Banane weiter hart in sie hinein. Schon spürte sie das dünnere Ende der Karotte ihre eingefettete Haut küssen.

Du wirst es lieben, Kindchen!

Dann endlich erlebte sie es, zum ersten Mal in ihrem Leben. Das infernalische Glühen. Die Sensation! Die schier unbeschreibliche Lust ...

Cora sog den Atem scharf zwischen ihren Zähnen ein, ihre Pupillen weiteten sich – sie fühlte die festen Formen des Lustdolches tief in sich eindringen! Spürte, wie die sonst so eng verschlossene Hinterpforte sich unter dem ekstatischen Ansturm weitete, wie die Liebeswurzel sie auszufüllen begann und sich reflexartig die Muskulatur um den Eindringling festklammern wollte, um ihn nie wieder loszulassen. Mit aller Macht entspannte sie bewusst ihre Muskeln, die Banane zwischen ihren Schamlippen stieß schneller und heftiger zu.

Das Spektakel war unglaublich. Cora stöhnte lustvoll auf. Die beiden Liebesschwengel waren nur durch eine dünne Membran voneinander getrennt. Sie konnte fühlen, wie sie aneinander vorbeiglitten, als jetzt auch die rechte Hand ihr aufpeitschendes Vor- und Zurückspiel aufnahm.

«Ah!», stieß Cora lüstern unter den heftigen Stößen ihrer Liebhaber aus. «Ah ... ja ...!»

Unter jedem Stoß erzitterten ihre üppigen Brüste, das heimgesuchte Fleisch ihres Popos, die Hüften, die Oberschenkel – ihr ganzer Körper verwandelte sich in einen wippenden, springenden und tanzenden Karneval!

Es war ein Sog, ein Strudel ungeahnter Lust, der sie ungehemmt herumzuwirbeln begann. Rasch schon begriff sie, was Mina mit ihren Worten gemeint hatte. Sucht und Verlangen meldeten sich in nie gekannter Heftigkeit! Die Karotte genügte ihr schon nicht mehr. Ihr zu ungebändigtem Liebesglück erwachter Popo schrie nach mehr!

Größer! Länger! Dicker!

Die Banane wechselte ins nächste Tor und die freie Hand suchte Coras entfesselte Klitoris, die nach forschen Fingerkuppen, wild kreiselnden Bewegungen und neckischen Berührungen verlangte.

«Jaah!», stöhnte Cora und gab sich der Leidenschaft hin. Fühlte die vor Feuchtigkeit und Hitze weich gewordene Banane, die sich gierig in ihr neues Reich stürzen wollte. Aber sie hielt nicht lange durch, es mangelte ihr an Festigkeit. Coras neuer Thron der Lüste verlangte nach einem starken, festen Zepter!

Nimm die grüne Schlange!

Der Lustrausch war beinahe unerträglich!

Kühl und unnachgiebig – das genaue Gegenteil der erhitzten, feuchtweichen Bananenfrucht – bahnte sich die massive Schlangengurke ihren Weg ins Innere von Coras Darm.

Ihr Gesicht verzog sich zu einer Grimasse aus Lust, Scham und Pein. Heftig und erbarmungslos rammte sie sich den grünen Schweif selbst immer und immer wieder zwischen die erzitternde Pospalte, trieb sich durch rascher wirbelnde Bewegungen zu immer höheren Klippen der Lust, stöhnte, wimmerte, flehte um mehr und sog die brennende Klinge tief in sich hinein. Ihre Schamlippen troffen längst vor Feuchtigkeit. Die Erregung ließ sie halb besinnungslos, wie im Opiumrausch, über einen schmalen Grat zwischen Lust und feinem Schmerz taumeln, der mit jedem Schlangenbiss, der aus der grünen Pflanze in ihren Leib fuhr, die Wollust zu weiteren Höhenflügen anstachelte!

Fleisch! Dein Fleisch verlangt nach Fleisch!, schrie das Sexluder mit sich überschlagender Stimme. Gib es ihm! Du darfst es ihm nicht verweigern!

Es waren die dicke Zucchini und die pralle, Furcht erregende Salami, die Cora schließlich den Rest gaben. Cora hatte sie beide gründlich mit Massageöl eingerieben – und an sich selbst die gleiche Behandlung vorgenommen. Ein flüchtiger Blick in einen Spiegel offenbarte bereits ein klaffendes, rot leuchtendes Loch, wo sonst nur zierliche Rosenblättchen zu sehen waren. Das Ritual ihrer Entjungferung hatte beinahe den Höhepunkt erreicht.

«Aah!»

Der dicke Salami-Phallus – er hatte beinahe den doppelten Durchmesser seines Vorgängers – presste ihre knackigen Natis jetzt unglaublich weit auseinander und verschaffte ihr Empfindungen jenseits ihrer Vorstellungskraft.

«O Gott ... bitte nicht!»

Blitzende Sterne zerbarsten vor Coras Augen, in ihren Ohren sirrte und summte es, irgendwo weit von ihr entfernt schien eine fremde Hand die rubinfarbene Perle ihrer Klitoris zu massieren, und ein gewaltiges Etwas von unbestimmbarem Ausmaß schob sich unwiderruflich zwischen die explodierenden Portale ihres Unterleibs!

Ja! Gefällt es dir, was ich mit dir mache?

Bitte, nein! Ich kann nicht mehr!

Ihr Kopf wurde in einem entsetzlich-schönen Karussell durch Zeit und Raum geschleudert, und Cora war nicht mehr fähig, ihre Hand zurückzuhalten, die völlig unabhängig von ihrem Willen zu agieren schien – und ihr jetzt zusätzlich den Zucchini-Dildo in die Vagina rammte. Grausam. Betörend.

Ich werde dir den Leib aufreißen!

Nein ... ich halte es nicht mehr aus! Ich ... ich komme ... Herr im Himmel ... ich komme!

Die glühende Lust überspülte ihren Leib wie eine dunkle Sturmflut!

Dann nimm auch den Rest!

Wieder stießen die Hände zu: Die Zucchini stopfte Coras überschäumende Spalte, wie ein entfesselter Hengst; die geräucherte Wurst presste sich gleichzeitig, nur wenige Millimeter davon entfernt, in ihren After und zwang Coras Sphinkter endgültig zur Kapitulation.

«Ja! Jaaa!»

Cora schrie, warf den Kopf unkontrolliert hin und her, wie in einem epileptischen Anfall. Ihr ganzer geschundener, von allen Seiten überrannter Leib begann haltlos zu zittern, als sich der übermächtige Orgasmus mit gnadenloser Präzision durch ihre Nervenbahnen fraß.

Und dies!

Wieder wurde ihr die Salami in den Anus getrieben! Die Zucchini stampfte und wütete in ihrer Scheide wie ein Stößel im Mörser.

«Jaa! Mehr! Ich will mehr!»

Der Schließmuskel führte einen irren Veitstanz um den Fleisch-Dildo auf, versuchten sich zusammenzukrampfen und ihre ursprüngliche Position wieder einzunehmen. Den Eindringling hinauszupressen. Es gelang ihnen nicht.

Bis du blutest, elende Hure! Ich will, dass du diesen Tag niemals wieder vergisst! Nimm dies! Blute!

Die brutalen Angreifer waren schier ... überall!

«Ja! Tiefer! Ja ...!»

Als sie nach einiger Zeit wieder zu Kräften kam und mit einem liebevollen, sehnsüchtigen Blick die wild zugerittenen

Salami- und Zucchinireste neben sich auf dem Boden liegen sah, spürte sie bereits ein neuerliches Verlangen tief in sich aufsteigen.

Mina hatte nicht gelogen. Cora war bereits jetzt der Sucht verfallen – und ein berauschender Gedanke erkämpfte sich seinen Platz in ihrem Bewusstsein ...

Wenig später wählte sie die vertraute Telefonnummer und hauchte verführerisch: «Torben? – Sag, hast du heute Abend noch etwas Zeit für mich? Ich möchte dich so gerne mit etwas überraschen ...!»

My Michelle

Stephen Arden ließ den in schweres Leder gebundenen Band ein wenig sinken. Bloß eine Idee. Gerade weit genug, dass er über den Rand hinwegsehen konnte, ohne den Eindruck zu erwecken, er würde etwas anderes tun, als sich in seine Recherchen zu vertiefen.

Er saß zu Hause in seinem Arbeitszimmer in Fairwater, Vermont. So wie meistens an einem Dienstagnachmittag gegen 17.00 Uhr. Nichts Ungewöhnliches. Den Eindruck konzentrierten Arbeitens zu erwecken, war eine Kunst, die er längst perfektioniert hatte.

«Steve? Holst du gleich Georgie vom Kino ab?»

Es war das dritte Mal, dass seine Frau Belinda jetzt nach ihm gerufen hatte. Üblicherweise würde sie gleich die Treppe runterstürmen, einige jugendgefährdende Flüche ausstoßen, und keine zwanzig Sekunden später würde sie den Sedan starten und wütend aus der Einfahrt rauschen. Sollte sie George ruhig abholen. Dann würde ihr unterwegs einfallen, dass sie noch unbedingt dieses Waschmittel und außerdem noch jene Söckchen brauchte, um auf diesem Planeten in Frieden weiterleben zu können. Das bedeutete, wenn Stephens Kalkulation aufging, sie würde vor 19.30 Uhr nicht zurück sein. Vielleicht 20.00 Uhr.

«Er hört mich wieder nicht!» Ignorantes Arschloch!

Die Fluchphase war soeben eingeleitet worden. Später ein kleiner Strauß Blumen für sie und ein liebevoll vorgebrachtes «Verzeih, Darling, ich war dermaßen in diese Sache vertieft. Weißt du, die Kalkulationen müssen morgen im Büro vorliegen. Handerson erklärt mich öffentlich für vogelfrei, wenn ich diesmal wieder Unterlagen verschlampe» würde Wunder wirken. Und in seinen Gedanken würden dabei die letzten

Silben nachhallen, während er Belinda verliebt und entschuldigend in die Augen sah: *Schlampe, Schlampe, Schlampe ...*

Stephens Blick fiel auf die Digitalanzeige seines Weckers: 16.58 Uhr.

Die Tür fiel krachend ins Schloss. Der Sedan wurde gestartet. Das Motorengeräusch brüllte zornig auf, und die schweren Reifen fraßen sich durch den Kiesweg der Ausfahrt. Dann verebbte das Geräusch rasch. Und Stephen Arden konnte sich endlich wieder ganz dem Lieblingsobjekt seiner Betrachtungen widmen. Von seinem Schreibtisch aus, leicht über die Seitenränder des schweren Buchs blickend, sah er schräg auf den Garten hinunter. Dorthin, wo sich Michelle umringt von ihren Schulfreundinnen auf die niedrige Steinmauer gesetzt hatte. Nur mit einem bauchfreien Top und einer ultraknappen Hüftjeans bekleidet, die bei Michelles Nachlässigkeit meist so weit unten hing, dass über dem Hosenbund ein üppiges ‹Dekolleté› aus hellem, zart rosafarbenen Fleisch enthüllt wurde.

Die fleischigen Pobacken seiner achtzehnjährigen Tochter quollen provozierend hervor, und Stephens Blick saugte sich jedes Mal aufs Neue an dem dunklen, langen Schatten fest, der ihren süßen Mädchenarsch in zwei aufregende Hälften teilte.

Eigentlich hatte Arden immer nur darauf gewartet, dass das Motorengeräusch des Wagens verklang, um auf der Stelle seine Hose zu öffnen und sich beim Anblick des weit über die Hälfte entblößten Popos seiner umwerfenden Tochter den Schwanz abzumelken. Aber heute sollte es anders sein.

Michelle warf einen knappen, verschwörerischen Blick über die Schulter in Richtung Arbeitszimmer, und Stephen deutete ein vages Nicken an. Dann konnte er durch das gekippte Fenster hören, wie Michelle entschuldigend mit den Achseln zuckte und ihre Freundinnen auf ein andermal vertröstete. «Tut mir Leid, aber ich habe noch einiges im Haushalt zu erledigen, ehe meine Mom wieder zurückkommt.»

Michelle Arden war es gewesen, die den ersten Schritt gewagt hatte.

Stephen hatte zwar schon oft Fernsehberichte gesehen, in denen behauptet wurde, dass es letzten Endes immer die Frauen waren, die einen Mann ‹auserwählten›, aber so richtig glauben hatte er es dann doch nicht wollen. Seine Tochter Michelle hatte ihn eines Besseren belehrt. Wenn es nach ihm und seinem Mut gegangen wäre, dann würde er heute noch an seinem albernen Schreibtisch sitzen und sich ausmalen, wie es wohl wäre, sein Töchterchen mal ordentlich ranzunehmen – und weiter vor sich hin masturbieren.

Er hatte eigentlich keinen blassen Schimmer, wie sie es gemerkt hatte. Als einzig rationale Erklärung kam nur die Schmutzwäsche in Frage. Michelle musste es an den Shorts gemerkt haben, in die er jedes Mal seine stolzen Spermaladungen abgespritzt hatte, während sie ihm mehr oder weniger unbeabsichtigt Arsch, Bauchnabel und ihre riesigen, wogenden Titten präsentiert hatte. Es war Michelles Aufgabe, sich darum zu kümmern, dass die Schmutzwäsche ihren Weg in die Waschmaschine fand – und so musste sie ihm irgendwann auf die Schliche gekommen sein.

Aber ... nein, das war auch nicht zwingend logisch, überlegte Stephen, denn es erklärte noch lange nicht diesen unheimlichen siebten Sinn, mit dem Michelle ihn ‹überführt› und daraufhin das erste Mal verführt hatte. Es hätte ja genauso gut sein können, dass Belinda ihn mit der Hand oder dem Mund befriedigt hatte, ehe sie in die Stadt gefahren war. Oder dass Daddy sich einen schmutzigen kleinen Porno reingezogen hatte und dann in heftige sportliche Aktivitäten geraten war.

Vermutungen hin oder her – Michelle hatte es gespürt, hatte es *gewusst*, dass sie es war, die ihren Papa so scharf machte, dass er sich um jeden Preis Erleichterung verschaffen musste. Und dieses Wissen hatte sie schamlos ausgenutzt ...

Der Deal stand fest: Jeden Dienstag und Donnerstag würde Michelle ihrem Vater begeistert für jeglichen Exzess, wie ausgefallen und abartig er auch sein mochte, zur Verfügung stehen. Und am Ende der Woche hundert Dollar zusätzlich auf ihrem Konto verbuchen können. Irgendwelche zufälligen Extras, wie letzte Woche in der Umkleidekabine des Schwimmbads oder letzten Sonntag im Badezimmer, wurden allerdings als freiwilliger Service gewertet und nicht zusätzlich entlohnt.

Michelle war allerdings auch so zufrieden.

Zum einen bescherte es der kleinen, schmutzigen Hure in ihr ein unvergleichliches Gefühl, mit dem eigenen Vater zu ficken, zum anderen freute sich die knallharte Geschäftsfrau in ihr über jeden Cent mehr, den ihr Kontoauszug anzeigte.

Heute war wieder Dienstag: Zeit, Geld zu verdienen.

Als Michelle Arden den abgedunkelten Raum betrat, wurde sie bereits erwartet.

Stephen lag nackt, bis auf den salopp übergeworfenen Seidenkimono, auf dem elterlichen Doppelbett. Die Beine einladend gespreizt. Zwischen den nachlässig herabfließenden Falten des Kimonos ragte steil, beinahe senkrecht sein prächtiger Pferdeschwengel in die Höhe. Darunter erkannte Michelle im Halblicht den haarigen Fleischbeutel, dessen Anblick allein schon genügte, um zwischen ihren Oberschenkeln eine schwüle Feuchtigkeit entstehen zu lassen.

«Hi, Süße», flüsterte Stephen heiser.

Michelle beugte sich über ihn und presste ihm sanft ihre verführerisch geschwungenen Lolitalippen auf den Mund. Der Kuss war so warm, so vielversprechend ...

«Hi, Papilein ...», wisperte sie.

Ihre samtweiche Stimme schwang vor mühsam gebändigter Lust. Dann teilte ihre Zunge mit sanfter, feuchter Gewalt seine Lippen und drang in seinen Mund ein. Stephen schloss die Augen, gab sich ganz den Liebeskünsten seiner verdorbenen Tochter hin, deren Hände plötzlich ein Eigenleben zu entwickeln schienen. Die Linke schmiegte sich zärtlich an sein Gesicht, kraulte das Haar seiner Schläfen und neckte ihn am Ohrläppchen, während ihre aufreizende Zunge in seinem Mund einen betörenden Schlangentanz vollführte. Ihre Rechte war längst unter seinen Kimono geschlüpft, streichelte über das krause Brusthaar, umschmeichelte seine Brustwarzen und rutschte dann, plötzlich schneller werdend an seinem Körper hinab, wo sie zärtlich über die aufzuckende Quelle seiner Lust strich ...

«Darf ich, Papi?», fragte sie mit reinster Unschuldsmiene.

Was für ein Luder!, schoss es Stephen durch den Kopf.

«Michelle – es ist alles nur für dich ...»

Sie glitt ein wenig tiefer, saugte sich wie eine Vampirbraut an seinem Hals fest, umklammerte blitzartig den hart geschwollenen Phallus ihres Vaters – und begann ihn hemmungslos zu massieren!

Stephen stöhnte auf, als er spürte, wie sich ihre Reißzähne mit sanfter, aber bestimmter Gewalt in die dünne Haut seines Halses bohrten und schlanke Finger die Vorhaut seines Penis wild und entfesselt vor- und zurückschoben!

«Ooahh ...», stöhnte sie lüstern auf, «dein geiler Schwanz fühlt sich so *aufregend an!* Ich könnte ihn stundenlang so weiterbearbeiten!»

Mit flinken Bewegungen ließ sie seine Hoden auf- und niederhüpfen und zwickte die Haut zwischen den Eiern mit langen Fingernägeln, dass es nur so eine Freude war.

«O Papa ...», flüsterte sie wieder.

«Aaah ...», stöhnte Stephen und ließ sich von seiner nymphenhaften Tochter nach Strich und Faden verwöhnen. «Was denn?»

«Ich bin so unendlich verrückt nach deinem Geschmack! – Darf ich ihn dir ablutschen?»

Stephen verdrehte überwältigt die Augen und stieß ein heiseres Keuchen aus.

Michelle wertete dies kurzerhand als ein Ja.

Die prall mit Blut gefüllte, herrlich angeschwollene Eichel sah aus wie eine Kirsche, stellte Michelle belustigt fest und ließ ihre feuchte, raue Zunge über das schmale Hautbändchen an der Unterseite gleiten.

Dann plötzlich flutschte ihr Mund über die Schwanzspitze, und mit gierig saugendem Schlund machte sich die Tochterhure am spritzbereiten Lingam ihres Daddys zu schaffen. Sie erzeugte einen gewaltigen Unterdruck, saugte und leckte und lutschte an Papis Schwanz wie eine professionelle Nutte.

Stephen liebte das Gefühl, wie sich ihre Zähne in seinen Eichelkranz gruben, wie ihre Zungenspitze sich über die schmale Öffnung seines Phallus hermachte! Die Welt um ihn schien langsam in rotierende Bewegung versetzt zu werden. Er hatte sich in Michelles prickelndes Liebeskarussell begeben, das nun langsam aber sicher Fahrt aufnahm.

Dann, auf einmal schnappte sie sich eines seiner Eier und sog das Fleischbällchen in ihren Mund, während sie das vibrierende, vor Wollust zuckende Glied kontinuierlich weitermassierte. Anschließend lutschte sie den anderen Hoden und versetzte ihm gezielte Zungenschläge, dass Stephen schon glaubte, jeden Augenblick ungehemmt abspritzen zu müssen!

Und dann – Michelles Liebeskünste waren einfach unbeschreiblich! – vollbrachte sie das unglaubliche Kunstwerk, *beide Hoden* in den Mund zu nehmen und ihm den gesamten Sack zu lutschen!

Stephen Arden wusste wirklich nicht, wie lange es jetzt noch dauern würde, bis ihm das Sperma aus dem überquellenden Purpurhelm schießen würde! Es brodelte in ihm wie ein Geysir, der kurz vor dem Ausbruch stand!

Ungläubig schaute er an sich hinunter und bestaunte das Puls steigernde Schauspiel. Da kniete sie vor ihm, seine eigene Tochter, zwinkerte ihm verführerisch zu, knetete mit beiden Handflächen seinen unruhig pulsierenden Fleischhammer – und hielt dabei seinen kompletten Hodensack im Mund! Es war kaum zu glauben!

Jetzt sah er, wie sie ihr Top über den Kopf zurückstreifte und ihm nun auch noch ihre prachtvollen, massigen Brüste präsentierte! Gewaltige, fleischige Hügel, auf denen giftrote Knospen danach lechzten, von ihm geleckt, beknabbert und gestreichelt zu werden ...

Michelle entfernte sich langsam, ohne jedoch die Eier loszulassen. Zog den erregenden Spermabeutel immer weiter in die

Länge, bis es für Stephen kaum noch auszuhalten war. *Großer Gott*, durchfuhr es Steve, *ich spritze ab ... ich kann nicht mehr ... kann nicht mehr!*

Nacheinander ließ Michelle die prallen Eier ihres Vaters aus dem Mund schlüpfen und flüsterte mit hocherotischer Stimme: «Wenn du jetzt abspritzt, darfst du mich heute nicht mehr in den Arsch ficken! – Also, was ist dir lieber?»

Verfluchtes Luder!

Das letzte Match der Red Sox rettete Stephen über den kritischen Punkt hinweg. Konzentrieren. Er musste sich konzentrieren. Da war Carrigans schlechtester Wurf, dann Ol' Hopkins, der den Homerun in der zweiten Spielzeit vermasselt hatte, und zu allem Überfluss auch noch der Ritter von der traurigen Gestalt: Bill Vendrose. Noch nie hatte es einen so schwachen ‹*curve ball*› gegeben, der noch im Infield niederging, ohne dass der gegnerische Hitter auch nur den Schläger zu heben brauchte. Der beabsichtigte ‹*double hit*› blieb aus, und Hancock versauerte auf der Geraden, bekam eine Abmahnung des Schiris, weil er ungebührliche Flüche von sich gab, wie sie WRCA noch niemals live in die Wohnstuben übertragen hatte.

«Okay – diese Sprache verstehe ich doch gleich viel besser», meinte Michelle, als sie merkte, wie der übermächtig werdende Samendruck langsam wieder abklang. «Also, mein enges, schmutziges Arschloch willst du durchvögeln, ja? Gefällt meinem Papi denn mein Mädchenpopo?»

«O Michelle ... du hast einen Weltklasse-Arsch! Ich liebe jeden Zentimeter deines göttlichen Körpers! Bitte, komm lass mich deine Rosette auseinander dehnen!»

Ihr enger Anus schmiegte sich so dicht um seinen prall geschwollenen Prügel, dass Stephen schon glaubte, direkt in ihren Mastdarm ejakulieren zu müssen, als sie sich jetzt, mit dem Rücken zu ihm, auf ihn hockte und Zentimeter um Zentimeter des zum Bersten vollen, von dicken, bläulichen Adern überzogenen Schwanzes in ihr anales Lustportal hineingleiten ließ. Links und rechts des massiven Schwengels die gewaltigen, runden Arschbacken, die sich schützend um ihn schlossen!

Michelles Darm war feucht, warm und unaussprechlich eng. Sie fühlte, wie der mächtige Eindringling sie dehnte und immer weiter auseinander zerrte. Ihre Brustwarzen richteten sich vor Erregung auf, und aus ihrer Muschi quoll ein Tropfen nasser Lust. Sie stützte sich am Bettrahmen ab und begann jetzt mit dem Becken zu kreisen, als wollte sie einen sehr aufreizenden ‹*dirty*› Discotanz aufführen. Zugleich spannte sie immer wieder in regelmäßigen Intervallen den Schließmuskel ihres Anus an, und Stephen begriff: Die kleine Dreckshure melkte ihm hier mit genau berechneten Bewegungen den klebrigen Saft aus dem Körper!

Der Anblick war beinahe mehr, als er aushalten konnte. Schon geriet er in Versuchung, erneut an die Red Sox zu denken. Aber er zog es dann doch vor, diesen einmaligen Augenblick zu genießen, ihn bis zur Neige auszukosten ...

Sein Atem ging heftiger, schneller, unkontrollierter. Aber auch Michelles Atemfrequenz hatte sich erhöht.

«Ja, Papi! Reiß mir den engen Arsch auf! O, das ist so geil!»

«Spürst du mich in dir?»

«Ja, tiefer! Komm tiefer, steck ihn mir ganz rein!»

«Ich liebe dich, Kleines! Du bist einmalig, weißt du das?»

Ihr Ritt wurde wilder und ausgelassener. Sie wollte ihn tief, ganz tief in sich spüren. Tief in ihrem dunklen Geheimnis. Wollte spüren, wie sein steif geschwollenes Fleisch ihr die Arschmöse in zwei Hälften zerfetzte, wie sich seine glühende Eichel tief und rücksichtslos zwischen ihre Darmwände schob, sich tief in die dunklen Perlen ihrer Eingeweide versenkte.

«Ja! Fick mich! Fick mich hart! Vögel meine Arschfotze richtig durch!», schrie sie jetzt völlig enthemmt los und ließ ihre wippenden Arschbacken wild und ausgelassen vor ihrem Papa tanzen. Die Schinken erbebten wie Wackelpudding, mit jedem harten Stoß, den sie vom Schwanz ihres Vaters empfing.

«Genug geritten!», befahl Stephen nun. «Jetzt will ich dich mal ordentlich zureiten!»

Ohne seinen Liebesdolch aus ihrem Dreckshintern schlüpfen zu lassen, wechselten sie die Position. Wälzten sich auf die Seite, und Michelle ging auf alle viere. Stephen klammerte sich an ihre wirbelnden Pobacken, tastete nach ihren Titten und streichelte mit einer freien Hand die ebenfalls angeschwollene, wundrot leuchtende Klitoris seiner Tochter.

«Ja, Papi! O, ich komme!», schrie Michelle auf. «Ich komme! Mach weiter so! Ja, tiefer! Fick meinen Arsch!»

Ardens dicke Stierhoden klatschten ungebremst von hinten gegen das nackte Fleisch seiner Tochter, und sein zu Höchstleistungen auffahrender Pferdehammer schob sich unbarmherzig in ihr Rektum! Bohrte sich tiefer und tiefer, nahm keine Rücksicht mehr auf irgendwas. Alles, was er jetzt noch wollte, war, es seiner Tochter zu besorgen, bis sie vor Geilheit endgültig den Verstand verlor!

«Fühlst du, wie der Papi dich durchfickt, kleine Schlampe?»

«Ja! Ah ... ich komme!»

Michelles Körper wurde von heftigen Krämpfen und Lustwogen durchgeschüttelt.

«Ich reiß dir deine enge Arschmöse auf!»

«Ja!»

«Fick dich, bis du völlig ausgeleiert bist!»

«Ja! Weiter! Weiter!»

«Ramm dir meine Lanze tief in dein schmutzigstes Loch!»

«Ja! Papi! Weiter so! Wie geil!»

«Michelle! Ich spritze ab! Ich spritze ab! Schnell!»

Er riss derart abrupt den Penis aus ihrem vergewaltigten Leib heraus, dass sie nicht mehr schnell genug dazu kam, die Backen zusammenzukneifen ...

Aber es blieb jetzt keine Zeit, über solche Nebensächlichkeiten nachzudenken, die bei derlei Spielchen eben vorkommen konnten.

Es kam ihm!

Michelle wirbelte herum und schloss blitzschnell ihren Mund um den lebendigen Vibrator, der von Eichel bis Wurzel mit ihrem körpereigenen Lustnektar glasiert worden war. Der Geschmack ihrer eigenen Körpersäfte weckte in Michelle eine nie gekannte Erregung. Dazu gesellte sich nun plötzlich der bittersüße Geschmack des väterlichen Samens, der in zähen, klebrigen Ladungen auf ihre Zunge spritzte! Eine irrsinnige Geschmacksmischung, die – und da ging Michelle jede Wette ein! – keine ihrer albernen Klassenkameradinnen bislang gekostet hatte!

Stephen gab nur noch unartikulierte Laute von sich. Nur ein «Los, leck ihn mir wieder sauber, kleine Hure!» glaubte Michelle einmal verstanden zu haben. Stephen zuckte unkontrolliert, als der Orgasmus ihn mit berserkerhafter Wucht überrollte! Und Michelle leckte ihm jeden Quadratmillimeter sauber! Überall explodierten bunte Feuerwerkskörper, und ein Gedanke flüsterte Stephen begeistert zu: *Geil, Junge! Du spritzt gerade deine Sahne im Mund deiner eigenen Tochter ab! Ihre Lust klebt noch überall an dir! Und sie leckt es alles ab! Wie geil ist das nur …»*

Als Belinda gegen 20.15 Uhr aus der Stadt zurück war und Sohn George sich wie immer darüber beschwerte, wieso er wieder einmal so lange mit Mom durch die Shopping Mall ziehen musste, saß Stephen Arden längst wieder ordentlich gekleidet in seinem Arbeitszimmer.

Und Michelle hatte sich, wie üblich, bereits um die Wäsche gekümmert. Ihre kleine Hinteröffnung brannte ein wenig. Als sie sich abgewischt hatte, war sie auf einige Blutsspuren gestoßen – ihr Vater hatte es ihr wirklich ordentlich besorgt! Ob Mom es merken würde, dass sie aus ihrem Mund nach Sperma und männlichen Pralinen roch?

Sie beschloss, es herauszufinden, und gab ihrer Mutter liebe Küsse auf die Wangen, als diese sie in der Waschküche begrüßte.

«Hmmm …», machte Belinda und lächelte ihre Tochter verschmitzt an. «Du riechst irgendwie so …»

Michelle sah, wie sich unter der Bluse ihrer Mom die Knospen verhärteten. Verstohlen fasste sich Belinda in den Schritt.

«... irgendwie so anders ... so *aufregend* ...»

Da hatte Michelle plötzlich eine grandiose Idee, wie sie ihr Taschengeld um weitere hundert Dollar die Woche aufstocken konnte!

«Yeah, mommy ...», hauchte sie verführerisch, legte ihre Arme um den Hals ihrer Mutter und ließ eine Hand wie zufällig vorn über ihre erregten Nippel herabwandern. «Ich freue mich schon die ganze Zeit darauf, dass du endlich wieder zurückkommst ...»

«Michelle ... ich ...», keuchte Belinda, völlig von der plötzlichen Leidenschaft ihrer Tochter überrumpelt. «Was machst du denn da?»

«Lass mich nur machen», flüsterte Michelle lüstern und ließ den Schlüssel der Waschküchentür herumfahren. Jetzt würde sie hier unten niemand mehr stören. Mit flinken und geschickten Fingern hatte sie die Jeans ihrer Mom geöffnet und samt dem darunter befindlichen Slip runtergezogen.

«Mami, entspann dich ... ich will nur etwas Gutes tun ...»

Im nächsten Moment spürte Belinda, wie ihre Tochter ihr die Labien auseinander spreizte und mit den Lippen ihren Kitzler umschloss. Die raue und feuchte Zunge ihrer eigenen Tochter versetzte Belinda urplötzlich in ungeahnte Ekstase – dann schob Michelle ihr auch noch einen Finger in die vordere und einen anderen tief in die hintere Lusthöhle ...

Im selben Augenblick wusste Belinda, dass sie mit Händen und Füßen verhindern würde, dass irgendjemand sie vorzeitig wieder aus diesem abgefahrenen Traum aufweckte ...

Blütenstaub

Knaben liebt' ich wohl auch,
doch lieber sind mir Mädchen:
Hab' ich als Mädchen sie satt,
dient sie als Knabe mir noch.

Venezianische Epigramme – J. W. von Goethe

Als Johan jetzt von hinten in sie eindrang, glaubte Christine mitten entzweigerissen zu werden. Die Lust überrannte sie in heiß schäumenden Wellen und ließ alles um sie herum in Vergessenheit sinken. Es gab jetzt nur noch sie. Sie allein – und den übermächtigen Eindringling, der sich mit irrsinnig schlängelnden Bewegungen abwechselnd tief in ihr Innerstes wand, um dann wieder zwischen ihren zitternden Hinterbacken herauszugleiten.

Stines rot lackierte Fingernägel krallten sich in den Bettbezug, als sie diese lustvolle, entsetzlich obszöne Sensation erlebte, indem Johan betont langsam seinen prall angeschwollenen Penis aus ihrem schweißnassen Körper zurückzog. Christine stöhnte auf – ein unsagbar kraftvolles Stöhnen, das sich vibrierend ihrem Brustkorb entrang und beinahe schon in einen ungehemmten Lustschrei verwandelte. Sie warf dabei ihren Kopf in den Nacken, schüttelte bebend ihre Haarflut, die ganz aus dem Gold leuchtenden Sommerweizens geschaffen schien, und blickte für einen Moment lüstern in den Spiegel, der ihnen gegenüber angebracht war.

Johans Blick bohrte sich in das glimmende Saphirblau ihrer Augen, sog den Anblick ihrer vollen Lippen in sich hinein, auf denen überreife Weintrauben ihr dunkles Blut vergossen hatten, und wanderte dann ungeniert weiter an ihrem Spiegelbild herab. Bis zu der Stelle, an der Christines volle Brüste wild und ausgelassen unter jedem seiner Stöße vor- und zurückwippten. Ihr ganzer Körper schien aus kostbarem Elfenbein modelliert zu sein, hier und da von pulsierenden Venen und Adern marmoriert, und die zarten Rosenknospen ihres Busens schimmerten in verführerischem Giftrot. Zwei erregende Tollkirschen: berauschend, sinnlich und todbringend. Im einfallenden Sonnenlicht glitzerten einige Perlen kühlen Schweißes auf ihnen, warfen ihren irisierenden Glanz zurück, tropften wie geschmolzene Diamanten aufs Bett, als Johan seine hart pochende Lustquelle wieder in Christines wunden, korallenroten Anus trieb.

Selbst wenn wirklich die Sinne verwirrendes, tödliches Atropin aus ihren Brüsten geflossen wäre, er hätte es in diesem Augenblick von ihren verlockenden Spitzen saugen wollen! Hätte sich mit ganzer Kraft dem Wahnsinn hingegeben, dem er sich in diesem Moment so nahe fühlte, wie schon lange nicht mehr.

Auch Christine versank immer tiefer in diesem wirbelnden Strudel grenzenloser Leidenschaft und sexueller Glut. Ihr Kopf schien in immer schneller werdenden Pirouetten in ungeahnte Höhen zu wirbeln. Sie wusste längst nicht mehr, wo oben oder wo unten war. Da war nur noch dieses lodernde Fleisch in ihr, so hart und massiv und unnachgiebig.

Mit der rücksichtslosen Gewalt einer wilden Bestie hatte Johan seine Hände in ihre geröteten Pobacken geschlagen, sie auseinander gezerrt und seinen erigierten Phallus wie ein Vergewaltiger in die dunkle Enge ihres Hinterpförtchens gerammt. Hatte sie gepfählt, aufgespießt und ihr Innerstes nach außen gekehrt.

Christine fühlte sich wie eine gewaltige blutige Wunde keuchender Geilheit, rasender Gier und hemmungslosen Verlangens.

«Ja», zischte sie und spreizte ihre langen, schlanken Schenkel noch ein Stück mehr, reckte ihrem Lover die prallrunde, gespaltene Liebesfrucht ihres Popos entgegen. Sie bettelte um mehr. Wollte ihn empfangen. So tief, hart und zerstörerisch es nur irgend möglich war.

Johans Hoden klatschten schneller werdend gegen den lustfeuchten Purpur ihrer Labien, während Christine mit der linken Hand nach dem aufschreienden Rubin tastete, der sich weißglühend unter fragilen Hautfältchen hervorreckte. Stines Klitoris war zu doppelter, dreifacher Größe angeschwollen und verlangte nach ihrem Recht.

«O Gott!», kam es der blonden Schönheit über die Lippen. Tränen schimmerten in ihren Augenwinkeln. «Weiter! Bitte mach weiter so! Hör nicht auf!»

Johan hatte sich von hinten über sie gebeugt und begann mit der freien Hand eine ihrer Brüste zu massieren und die Brustwarze zwischen den Fingerspitzen zu reiben. Die aufreizenden Impulse rasten in Lichtgeschwindigkeit durch Stines Nervenbahnen – und explodierten unmittelbar im Zentrum ihrer vor ungestillter Lust brennenden Vagina. Sie schob sich selbst Zeige- und Mittelfinger in ihr Paradies, verrieb die aromatische Feuchtigkeit mit kreisenden Fingerbewegungen, tastete dann nach dem Säckchen mit den Liebeskugeln ihres Verführers und spielte mit ihnen so kunstvoll, dass es Johan ganz anders wurde, ehe sie wieder dazu überging, ihre Weiblichkeit zu streicheln.

Sie sank vor ihm nieder, lag jetzt auf dem Bauch, heftiger und heftiger atmend, verging unter jedem seiner schneller und härter erfolgenden Stöße. Ihr Gesicht verzog sich in jener unnachahmlichen Mischung aus Lust und Pein. Nie hätte sie es für möglich gehalten, auf diese diabolische, schmutzige und perverse Weise entjungfert zu werden. Noch weniger hätte sie es geglaubt, dass sie dabei auch noch so unvergleichliche Lust empfinden und nach mehr und immer mehr verlangen würde.

In einer eleganten, beinahe schon akrobatischen Bewegung wandte sie sich seitwärts, schlang ihre Beine umeinander und drehte sich auf den Rücken – ohne jedoch den lebenden, von entzündlich geröteten Adern überzogenen Jadestab aus ihrer intimsten Körperöffnung entweichen zu lassen.

«Stine …», keuchte Johan, dem eine verräterische Röte vom Hals langsam aufwärts übers Gesicht kroch.

«Wag es ja nicht, jetzt zu kommen!», befahl Christine ihrem Liebhaber und nahm die Stellung ein, die man ‹Wiener Auster› nennt. Sie fasste sich in die Kniekehlen und zog die Beine so weit zurück, dass die Knie ihre Schultern berührten. Dann gab sie sich ganz dem wild in ihr rumorenden Schwanz hin. Doch sie spürte, dass eine Veränderung mit ihm und seinen Bewegungen vorging.

«Ich will mehr, Johan! Hörst du? Viel mehr!»

«Großer Gott – Stine! Ich kann nicht mehr! Ich spüre es schon in mir aufsteigen ...!»

«Dann halt still und lass es mich aus dir herausmelken!»

Johan hätte in diesem Moment zu allem Ja und Amen gesagt. Es war kein hohles Gerede gewesen – er spürte die heiße Milch wirklich bereits in sich aufsteigen. Es würde nur noch eine Frage von Sekunden sein, bis er schließlich –

«Die Hände hinter den Kopf!», gab Christine die Anweisung. «Und beweg dich nicht mehr!»

So sonderbar der Wunsch auch sein mochte, Johan befolgte ihn einfach. Jetzt war nicht die Zeit für lange Diskussionen. Genau genommen war jetzt überhaupt keine Zeit für irgendwelche Diskussionen.

Was nun folgte, war so abgefahren, dass Johan es wahrscheinlich nicht geglaubt hätte, wenn er es nicht mit seinen eigenen Augen gesehen – und am eigenen Leib verspürt hätte. Er hielt, wie von Stine angeordnet, absolut still, versuchte, sich nicht einfach noch ein paar Mal schnell vor und zurück zu bewegen, um dem unerträglichen Gefühl kurz vor dem finalen Orgasmus endlich ein Ende zu bereiten.

Christine indes verlängerte seine Qualen. Das hatte sie immer getan. Darauf verstand sie sich meisterhaft. Und es bereitete ihr eine satanische Freude. Johans Penis steckte zwar noch immer in ihrem schwülfeuchten, engen After, über dem ihn die glatt rasierte Spalte ihres Geschlechts mit tizianroten Lippen anlächelte – aber genauso gut hätte er sein Glied jetzt auch in einen Ameisenhaufen stecken können. Das schreckliche Kribbeln und Pulsieren war die reinste Tortur. Sein ganzer Körper schrie nach rascher Erlösung, aber er wusste, dass er sich nicht selbst behelfen durfte. Christines süße Qual für ihn nahm einfach kein Ende.

«Spürst du mich?»

Stines geweitete Pupillen. Ein erotisierendes Aufblitzen in ihrem Blick. Sie befeuchtete mit ihrer Zunge die Fingerspitzen, ließ diese in einer lasziven Choreografie über ihre erregt vorstehenden Knospen gleiten, umkreiste den Bauchnabel und spreizte dann ihre Schamlippen. Sie stieß ein lustvolles Keuchen und Stöhnen aus – und zog ihren Schließmuskel zusammen.

Johan riss die Augen auf.

«Spürst du mich jetzt?», wiederholte sie keuchend.

Johan schluckte. Er hatte das deutliche Gefühl, dass seine Eichel jeden Augenblick einfach aufplatzen würde. Das Adrenalin wurde jetzt in atemberaubendem Tempo in seine Blutbahn gejagt.

Christines männermordender Popo schien ein bizarres Eigenleben zu entwickeln! Ihr Anus zuckte und begann mit peristaltischen Massagebewegungen. Abwechselnd spannte und entspannte sie ihren Sphinkter, ließ ihre glatten Darmwände über Johans Penis gleiten und schaffte es auf ihre ureigenste Weise, Johans Qualen um eine weitere Stufe zu verschlimmern. Es war unbeschreiblich!

Stine schien in ihrem Rektum einen zweiten Mund versteckt zu haben, der Johans Liebeskrieger jetzt auf eine Weise fellationierte, die nicht nur unanständig, sondern geradezu depraviert war! Johans Nerven lagen völlig blank, als er das Schauspiel fassungslos bestaunte!

«Ob du mich spürst, habe ich gefragt», drang plötzlich von irgendwo Stines flüsternde Stimme an sein Ohr. «Gefällt's dir, wie meine geile Arschmöse deinen Schwanz lutscht?»

Anstatt eine brauchbare Antwort hervorzubringen, begann Johan unkontrolliert zu zucken, brach mit grollenden Lauten und nach Atem ringend über Christine zusammen und ergoss all seine angestaute Leidenschaft tief in ihr Rektum!

«Ah! Stine! Ich komme!»

Weißes Gold spritzte aus ihrer Rosette, rann über ihre geschundenen Pobacken, als Johan instinktiv wieder in sie hineinzustoßen begann und dabei grellbunte Wunderkerzen vor seinen Augen abbrennen sah.

«Ja, mach weiter so!», bettelte Stine jetzt vor Geilheit. «Bitte, Johan! Gib ihn mir!»

Jetzt, da Johan gekommen war, wollte sie auch ihrer eigenen Liebesqual ein Ende setzen. «Ramm ihn mir rein!», stieß sie aus und mit harten, wirbelnden Bewegungen ließ sie jetzt ihre Fingerspitzen über ihre Klitoris rasen, «Tief in mein Arschloch! Fester!»

Johan – mehr reflexartig als gehorsam – penetrierte Christines schmutzige Analpussy wie ein auf Hochtouren laufender Fickroboter.

«Jaa! Reiß es mir auf!»

Und er setzte sie endgültig in Flammen ...

Christine schrie, wünschte sich, er würde ihr auch die Hoden noch mit in den Arsch schieben – und kam!

Schrill, gellend und mit kreischender Stimme. Ein Vulkan war hinter ihrem Bauchnabel ausgebrochen und ergoss glühende Lava über ihren verbrennenden Leib.

Und kam wieder!

Ihr Körper zuckte wild, bäumte sich auf wie der einer Besessenen. Jede Zelle schien vor schierem Glück zu bersten, erstrahlte im Licht einer unsichtbaren Sonne und warf schäumende und prickelnde Champagnerbläschen über jeden Quadratzentimeter ihres Leibes. Ihre Finger krallten sich in Johans Rücken, zerkratzten ihm rücksichtslos die Haut ...

Und kam nochmals!

Stines Zähne verbissen sich in das Fleisch seiner Schulter.

Johan schrie vor Schmerz, doch Christine kümmerte sich nicht darum. Die ekstatische, animalische Lust war beinahe mehr, als sie jetzt noch ertragen konnte! Sie verging, war kein Mensch mehr, nur noch ein wildes Tier – eine wütende Bestie im Blutrausch: ein grollendes Reptil, das seinem Opfer mit der

Todesrolle das Leben raubte, ein mörderischer Hai, der seine eisigen Augen genüsslich verdrehte, während er gleichzeitig seine schrecklichen Zähne in zerreißendes Fleisch schlug.

Dann spritzte sie los! Hemmungslos, entfesselt – gewaltig!

Es war unglaublich: Christine ejakulierte! Spritzte Johan voll! Schamlos und ohne jede Kontrolle über ihre Körperfunktionen!

In feinen, durchsichtigen Strahlen schoss die Flüssigkeit aus den Skeneschen Drüsen gegen Johans Bauch, tropfte auf Penis und Hoden herab.

War er gerade noch in einem erschöpften Taumel, am Rande der Besinnungslosigkeit entlangbalanciert, so geriet jetzt urplötzlich wieder Leben in seinen ausgelaugten Körper. So Leid es ihm auch tat, er musste jetzt seine schlaffer werdende Männlichkeit unbedingt aus dem verlockendsten Mädchenarsch der Welt ziehen und seinen Kopf zwischen Stines Schenkel vergraben.

Der orgiastische Nektar plätscherte mit dermaßen feuchtschmatzenden Geräuschen auf seine ausgestreckte Zunge, dass das bizarre Geschehen angemessen akustisch untermalt wurde. Er leckte die herrlichen Fältchen ihrer Venusmuschel aus, ließ seine Zungenspitze ganz in ihr verschwinden, genoss das salzig-herbe Aroma ihres liquiden Aphrodisiakums, Stines ausgelassenes Stöhnen, Schreien und dann ihr kapitulierendes Wimmern beständig in seinen Ohren.

Als sie schließlich reglos dalag, völlig ausgepowert – ihr Arsch ein brennendes, beißendes Sexinferno – und keine weiteren Fontänen aus ihrem Geysir hervorsprudeln wollten, näherte sich Johan ihrem Ohr und wisperte: «Du hast da noch was, was mir gehört.»

Christine konnte sich das Grinsen nicht verkneifen.

«Willst du es etwa wieder zurückhaben?»

«Sicher», flüsterte er. «War nur eine Leihgabe. Kein Geschenk.»

Christine presste ihm einen Kuss auf die Lippen, deutete ein Kopfschütteln an und erwiderte mit einem Lächeln: «Du bist total verrückt, weißt du das eigentlich?»

«Du meinst, ich hab sie nicht mehr alle?»

«Nicht mehr?», fragte Stine provozierend. «Ich bin mir nicht sicher, ob du sie überhaupt jemals alle hattest!»

«Was ist jetzt? Muss ich die ordnungsgemäße Rückgabe erst einklagen?»

«Hast du was dagegen», sagte sie, «wenn ich dabei eine rauche?»

«Hast du was dagegen», setzte Johan dagegen, «wenn ich dir dabei das gegenüberliegende Ende ausschlecke?»

Christine streckte sich zum Nachtschränkchen hinüber, fingerte nach ihrer Zigarettenschachtel und dem Feuerzeug, zündete sich eine Lucky an und ging dann in ziemlich eindeutiger Pose über Johans Gesicht in Stellung.

Es war ein faszinierender Anblick, als sich Stines rot gevögelter Anus über ihm weitete, als wolle sie etwas ganz und gar Ungehöriges tun. Das Zimmer roch nach Zigarettenrauch und nach ihren verschwitzten Körpern. Johans vorwitzige Zunge kitzelte Stines entzündlich leuchtende, scharlachfarbene Rosette, aus der jetzt zaghaft erste Spermatropfen hervorquollen.

Es war natürlich immer ein aufregendes Abenteuer, den eigenen Sahnelikör aus dem eingerissenen Rektum einer wunderschönen Frau zu trinken. Noch aufregender aber war es, fand Johan, wenn diese wunderschöne Frau die eigene Cousine war und auf den Namen Christine hörte.

●●●

Sie hatten ein Duftlämpchen entzündet. Sieben Tropfen einer schweren, süßlichen Duftmischung hineingegeben, auf deren Etikett ‹Opium› stand und deren parfümierte Schwaden nun betörend durch den Raum waberten.

Eng umschlungen lag das Liebespaar in Christines Himmelbett. Sich küssend, die Wärme des anderen spürend. Hände, die mit zitternden Fingern über erhitzte Haut tasteten. Heißer Atem, der sehnsüchtig über kaum geöffnete Lippen strömte.

Wirre Haare, funkelnde Augen und ein gewispertes «Ich liebe dich». Gehauchtes «Für immer und ewig» und das Rauschen des eigenen Pulsschlags in den Ohren.

Christines Halsschlagader pochte. Johan fuhr mit der Fingerkuppe zärtlich über sie.

«Warum bist du so grausam?»

Stines Mund verbreiterte sich zu diesem ganz besonderen Lächeln. Dieses Lächeln, bei dem er jedes Mal weiche Knie bekam, mit dem sie ihn immer und überall dazu bringen konnte, die unmöglichsten Dinge zu tun.

«Bin ich das?»

Johan nickte und strich ihr eine Haarsträhne aus dem Gesicht. Ihre Nasenspitzen berührten sich. Christine. Sie roch so wundervoll. Sein Blick war verklärt. Die Schönheit seiner Cousine versetzte ihm einen Stich ins Herz. Sie lächelte auf eine Weise, die Tränen in ihm aufsteigen lassen wollte. Es gab nicht viele Menschen, die auf diese überwältigende Art lächelten. Er sah sie an und er wollte plötzlich weinen. Für sie. Um sie.

«Ja», erwiderte Johan.

Sie war hier. Ganz nah. Und doch sehnte er sich nach ihr, als wäre sie meilenweit von ihm entfernt ...

Ihre Stimme war ein hingebungsvolles Gebet, als sie ihm zuraunte: «Ich bitte dich, lehre es mich. Ich will nicht grausam zu dir sein. Bestimmt nicht.» Sie küsste ihn. «Ganz bestimmt nicht.»

Dann lag sie auf ihm. Ihr Gewicht zu spüren, war wie eine Befreiung. Johan hielt sie in seinen Armen ... fest, so fest. Ihre Tränen auf seinen Lippen, seine Hand, die ihren Rücken erkundete, die andere, die sich in ihr Haar schlängelte, sanft gegen ihren Hinterkopf drückte, ihren zitternden Mund auf seinen presste. Ihr Atem, der wie ein neuer Lebenshauch in seinen Körper floss und seinem Dasein einen Sinn verlieh.

«Liebe mich», bat sie scheu.

Johans Hand wanderte weiter ihren Rücken hinab, strich sanft über Stines Lendengrübchen, erreichte das magische

Dreieck, dessen Spitze im Spalt ihres Popos mündete ...

«Liebe mich, Johan», wiederholte Stine ihre Worte. Ihre Zunge drängte sich in seinen Mund. Warm, rau und feucht. «Ich bitte dich ... bitte ... fick mich ... noch einmal ...»

Ihre Fingernägel kratzten mit sanfter Gewalt über seine Juwelen, kraulten sich in das krause Schamhaar. Dann umschlossen ihre Elfenbeinfinger drängend den wieder erwachenden Penis und fingen an, die Vorhaut auf und ab zu bewegen.

Christine bedeckte seinen Körper mit lodernden Küssen. Saugte sich an seiner Haut fest, nahm seine Brustwarzen zwischen die Zähne, ließ ihre Zunge über den Geliebten gleiten, versenkte ihr erhitztes Gesicht in seinem Schoß. Sie öffnete mit den Händen Johans Natis und ließ das Rot ihrer Zunge über das Rot seines Afters wandern. Erkundete den Geschmack seines Perineums, folgte dem Weg noch ein Stück aufwärts und leckte über die empfindsamen, leicht behaarten Liebeskugeln. Und nahm sie nacheinander in den Mund. Saugte sie in ihren fiebrigen, schwül warmen Schlund, während ihre Finger dafür sorgten, dass der Penis wieder den richtigen Härtegrad erreichte.

Dann führte sie ihn in sich ein.

«Ja», stieß sie gepresst aus, «fick mich! Bitte tu es! Füll mich ganz aus! Ich will dich in mir spüren!»

Als sich Christine aufrichtete, um ihn tiefer in sich aufzunehmen, ließ sie ihr Becken kreisen. Wie eine orientalische Tempeltänzerin. Erst langsam und in wiegendem, genussvollem Takt, dann schneller werdend. Der Opiumgeruch stieg Johan in die Nase – und zwischen flatternden Augenlidern sah er den göttlichen Leib seiner Cousine über sich, spürte jeder Regung nach. Was sie vorhin mit ihrem aufregenden, apfelförmigen Po getan hatte, wiederholte sie nun mit der Muskulatur ihrer Vagina: Die Kontraktionen massierten den Schwanz in ihr und ließen ihn vor Wonne zucken.

«Oah ... », brachte Christine plötzlich hervor, verdrehte die Augen, schloss sie halb und fasste sich an die Brüste. Johan spürte unvermittelt den festen Widerstand, gegen den seine Eichel im Innern ihres tanzenden Körpers stieß. Und er wusste, was das war, das sich ihm da in den Weg stellen wollte.

Christine ließ ihre Hüften heftiger kreisen, genoss das sündige Spiel, bei dem sie Johans Penisspitze massierend ‹darum› herumführte. Es verursachte ihr nie gekannte Schauer, elektrische Blitze, die funkensprühend durch ihren ganzen Leib rasten. Sie führte eine Hand zwischen ihre Schenkel, um auch an dieser Stelle die Lust zu verstärken, und schob sich Zeige- und Mittelfinger der anderen Hand in ihre Hinterpforte, die ebenfalls schon wieder danach verlangte, restlos ausgefüllt zu werden.

Johan drückte seinen Unterleib nach oben, um Christines Bewegungen einen festen Widerstand zu bieten. – Und sie liebte es. Liebte es, ihre Finger in ihrem durchvögelten Darm zu spüren, die Klitoris wild und ungestüm zu stimulieren, und war süchtig nach dem Gefühl, Johans Eichel an ihrem Muttermund zu fühlen.

Sie drängte hart gegen seinen Penis, rieb die enge Öffnung ihres verborgenen Blütenkelchs an dem aufbegehrenden Schweif – und stieß jäh einen lustvollen Schrei aus! Die verschlossene Blüte begann sich sanft zu entfalten!

Geradeso, als hätte nur der Prinz gefehlt, die schlafende Schönheit wachzuküssen.

Die goldenen Sonnenstrahlen, die mit unsichtbarer Macht die blutroten Blätter auseinander zwangen.

Johans Herzschlag beschleunigte sich, als er begriff, was da soeben geschah.

Der zweite Ring!

Sein Brustkorb hob und senkte sich. Schneller. Und schneller.

Er drang ein Stückchen tiefer in das letzte Geheimnis seiner Cousine.

Stine blickte ihn aus großen Augen an, die eines verrieten: Sie wollte es wagen. Wollte wissen, wie es sein würde. Wollte den Schmerz riskieren, um die Liebe zu erfahren. Sie übte etwas mehr Druck aus. Der Widerstand gab sanft nach.

«Oah ... ja ...»
«Stine ...
Sie kreiste weiter, ließ den Eindringling weiter ein.
« ... ich will dir nicht wehtun!»
Ein Lust bringender Skorpionstachel in ihrem Fleisch. Ein Blutstropfen trat aus.
«Nein», stöhnte sie nur, «du tust mir nicht weh ... komm tiefer ... komm zu mir ...»
Der Muttermund weitete sich und nahm jetzt die weichere, nachgiebigere Schwanzspitze vollständig in sich auf.
«Aaah!» Christine glaubte, nicht mehr genug Kraft zu haben, ihre Lust hinauszuschreien. Es war nur noch ein stimmloses Hauchen. Ausdruck all ihrer Hingabe. «Ah ...! Johan ...! Liebst du mich? Sag es ...»
Als er eine Sekunde zögerte, schrie sie es hinaus: «Sag es! Sag, dass du mich liebst!» Ihre Fingernägel rissen ihm die Haut über der Brust auf. Ihr Gesicht war verzerrt. Tränenüberströmt.
Johan begriff den Ernst der Situation. Das hier war kein Spaß mehr. Kein billiges, austauschbares Sexabenteuer. Kein bedeutungsloser One-Night-Stand. Kein ‹Heute-du-morgen-jemand-anders›. Das hier war mehr. Sehr viel mehr.
Sie hatte ihr schutzlos schlagendes Herz vor ihm entblößt. Er berührte es bereits, mit der Spitze seines Geschlechts. Und sie würde es auf gar keinen Fall zulassen, es von ihm zerstören zu lassen, wenn er sich als unwürdig erweisen würde.
«Sag es!»
Der Schlag traf ihn mit voller Wucht ins Gesicht. Und rüttelte ihn endlich wach.
«Ja», sagte er leise, «ich liebe dich!»
Ein weiterer, heftigerer Schlag.
«Stine!»
«Sag es schon, verflucht! Schrei es in die Welt hinaus! Ich will, dass sie deine Stimme hören!»
«Ich – liebe – dich! Ich – liebe – dich! Immer nur dich! Nur dich ganz allein! Immer nur dich, Christine! – Für immer!»

Es war das schweißüberströmte Gesicht einer Heiligen in mystischer Verzückung, das zum Himmel aufblickte, während ihr Leib sich weit machte, um zu empfangen.

Es war ein so unvergleichliches Erlebnis, dass Christines Verstand nicht einmal mehr den Versuch unternahm, die auf sie niederprasselnden Empfindungen in all ihrer verwirrenden, mitreißenden Widersprüchlichkeit in Worte zu fassen. Sie war nur noch ein wirbelndes Gran grell strahlenden Sternenstaubs, der durch die schiere Unendlichkeit eines schwarzen Kosmos' raste. Und in dessen Innerem zwei Herzen einen gleichförmigen Rhythmus schlugen. Völlig gleichgültig dem gegenüber, was andere in ihrer Verachtung davon halten mochten.

Faerie

Seid mir gegrüßt, liebe Leser!

Das Abenteuer, das zu schildern ich mich hier anschicke, hat sich tatsächlich so zugetragen, in einer sturmumtosten Nacht, irgendwo in den Niederlanden. Und ich hoffe, dass auch ihr durch meine Schilderungen ebensolche Freuden und Wonnen erfahren möget, wie ich selbst es tat ... am 6. September 1642.

Mein Name ist Carl S. und ich war damals Sonderbeauftragter der französischen Krone. Obwohl in deutschen Landen geboren, hatte ich 1634, inmitten der Wirren des Dreißigjährigen Krieges, mein Heimatdorf an der Grenze zur Walachei verlassen, um im goldenen Westen mein Heil zu suchen. Das hatte ich dann auch rasch gefunden: Es hörte auf den Namen ‹fünfzig Louisdor monatlich›, umgerechnet etwa einhundert Reichsgulden, fünfundachtzig Florijn, vier Taler, sieben Kreuzer und ein wackeliges Tischbein.

Für fünfzig Louisdor hörte das Glück allerdings auch schon mal auf die Namen Estelle, Dominique, Angelique, Stacia oder Sara. Je nachdem, wer gerade Schicht hatte.

Es gab wohl keine einzige Hure in der ganzen Stadt mehr, die ich nicht gevögelt hatte. Und das war wörtlich zu nehmen. Meine Maxime hieß stets: «Schließlich will nicht jede Hure in bar ausbezahlt werden ... Manche hält sich gar für eine Dame von Welt, bloß weil ihr Mann eine angesehene Stellung innehat. Ich hingegen mache es andersherum. Ich vertrete immer nur die nicht sonderlich angesehenen Stellungen, Messieurs!» Ob dieser kleinen Obszönität folgte meist in fröhlichen Runden ausgelassenes Gelächter – jeder wusste, was mit den ‹nicht sonderlich angesehenen Stellungen› gemeint war: Die Vorliebe des eigenartigen deutschen Chevaliers, der ich war, für schmutzige Spiele, bei denen meist nicht am goldenen Blasensaft meiner Gespielinnen gespart und keine zarte rosettenförmige Hinteröffnung verschont wurde.

Und als mich eine unaufschiebbare, äußerst heikle Angelegenheit im Frühjahr 1642 – im vierten Jahr meiner Laufbahn als Sonderbeauftragter der französischen Krone – in die ebenso benachbarten wie verfeindeten Niederlande verschlug, fürchtete ich bereits, die goldenen Jahre meiner Ausschweifungen würden einem jähen Ende entgegengehen. Selten war ich derart froh darüber, dass meine Einschätzung so gründlich daneben ging! Doch der Reihe nach …

An jenem schicksalhaften Abend des 6. September – wenn meine Erinnerung mich nicht trügt, war es ein Freitag – fand ich mich am frühen Abend in einer Dorfschänke ein, wo man bereits ausgelassen dem Alkohol frönte.

Es muss an einem sechsten des Monats und ein Freitag gewesen sein, denn schließlich – und das bestätigten mir später zahlreiche Astrologen – ist die Zahl Sechs die Zahl des Liebesplaneten Venus, und der Freitag ist eben jener römischen Liebesgöttin geweiht. Sogar in den deutschen Landen, wo ihr Tag nach der germanischen Liebes- und Fruchtbarkeitsgöttin Freya benannt ist.

In Frankreich heißt dieser Tag bekanntlich Vendredi, woraus man den Bezug zur Venus noch deutlicher erkennen kann.

Die grölenden Männer sprachen also reichlich dem Bier zu und rauchten ihren Tabak aus gewaltigen Pfeifen, was ich dankend zurückwies. Zwar kannte ich diesen Brauch aus dem Sächsischen, wo man in Notzeiten selbst gepresste und getrocknete Kuhfladen in Ermangelung echten Tabaks konsumierte, doch längst hatte ich mich an die feinere Lebensart der Franzosen angepasst und zog eine Prise Schnupftabak aus meiner Tabatiere vor.

Als das Gespräch, angestachelt durch die wogenden Euter der weiblichen Bedienung – ich glaube, ihr Name war Marijne –, auf anderweitige körperliche Genüsse kam, wagte ich vorsichtig die Frage, wo sich denn in diesem abgelegenen Ort an der Grenze Frieslands das ‹Rote Haus› befände. Einer der Männer, der in dieser scheußlich-kehligen Sprache irgendetwas äußerte, was alle außer mir zu verstehen schienen, wandte sich schließlich mir zu. Offenbar hatte er bemerkt, dass ich ein Fremder war, und begann nun mit großer Mühe in Versatzstücken aus schlechtem Englisch, holperigem Französisch und einigen Brocken Deutsch zu mir zu sprechen: «Die alte Mühle müsst Ihr aufsuchen, Mijneer», lachte er. «Folgt der Gracht stromabwärts – Ihr könnt sie nicht verfehlen!»

Das allgemeine Gelächter machte mich zwar stutzig, aber Marijnes opulente Reize hatten mich bereits zu sehr in Wallung versetzt, als dass ich die Nacht ohne weibliche Begleitung verbringen wollte. Und, was soll ich sagen? Der geneigte Leser wird es sicher längst erraten haben: Die Männer hatten vermutlich geplant, mir, dem Fremdling eins auszuwischen. Aber keiner von ihnen ahnte, was sich in dieser Nacht in der alten Mühle noch so alles zutragen sollte ...

Der Wind hatte die See aufgepeitscht und trieb die eisigen Schauer wie erbarmungslose Stecknadeln in meine Kleidung, an der er unablässig zerrte, und ein salziger Geruch erfüllte die stürmische Nacht. Der Nachtwächter hatte noch nicht die elfte Nachtstunde ausgerufen, als ich bereits die weiß bespannten Flügel der alten Mühle entdeckte.

«Laat je ronde kont volstoppen, Mevrouw!», rief ich aus, wie die Männer mir geheißen. Angeblich eine Art Losung, mit der ich mein Begehren kundgeben sollte. Es war ein anzüglicher Spruch, wie ich später erfahren sollte, der sich auf das Eindringen des Penis zwischen die Gesäßbacken einer Dame bezog. Doch meine Artikulation, durch die vornehme, hauchzarte französische Färbung nicht der harten, abgehackten Aussprache dieses Volkes gewachsen, musste wohl zu wünschen übrig gelassen haben, denn es rührte sich zunächst einmal ... nichts.

Gar nichts, um genau zu sein.

Nass wie ein begossener Pudel stand ich da, mitten in der

stürmischsten Nacht des Jahres, starrte hilflos ins Dunkel der nach trockenem Mehlstaub und altem Holz riechenden Mühle – und fragte mich, welcher Teufel mich wohl geritten haben mochte, zu dieser unchristlichen Stunde an diesen Ort zu kommen!

Schon wollte ich mich auf den Rückweg begeben, denn in meiner aufgewühlten Gemütslage hatte ich natürlich nicht daran gedacht, eine Laterne mit mir zu führen, als ich plötzlich ein Geräusch vernahm. Es kam von weit über mir. Angestrengt blinzelte ich in die undurchlässige Finsternis, konnte jedoch nichts entdecken.

Eine Ratte, vermutlich!, durchzuckte mich ein Gedanke.

Schleunigst wandte ich mich zum Gehen, entschied mich jedoch anders und umrundete einmal den gewaltigen Mühlstein. Dabei flüsterte ich unablässig die Losung, in der Hoffnung, irgendwie den Tonfall des Alten in der Schänke nachahmen zu können.

Doch nichts rührte sich. Vermutlich war das Geräusch von vorhin auf nichts anderes als meine überreizten Sinne zurückzu–

Jäh wich ich zurück!

Wie aus dem Nichts stand sie plötzlich da, füllte den schmalen Umriss der klappernden Holztüre aus und schwenkte eine tief gelb schimmernde Petroleumlaterne, die einen beißenden Geruch von sich gab. Ein leiser Aufschrei entrang sich meiner Kehle, ehe ich meine gewohnte Fassung wiedererlangte.

«Staan blijven!», rief sie mir entgegen, nicht minder erschrocken, als ich selbst. «Ik ken je helemaal niet, Mijneer!» Das sollte mir wohl zu verstehen geben, dass das Fräulein mich noch nie hier gesehen hatte.

Ich machte eine entschuldigende Handbewegung und ging einen Schritt näher auf sie zu, was mir ein erschrockenes «Nee! Genade!» einbrachte.

Sie musste mich wohl für einen Galgenvogel halten, der hier in der Mühle einen Unterschlupf gesucht hatte. Und bei meinem verwahrlosten Äußeren, was, wohlgemerkt, durch den

Sturm verursacht worden war, konnte ich es ihr auch nicht ernsthaft verübeln.

Ich wich also wieder zurück, hob die Hände und brachte erneut ein: «Laat je ronde kont volstoppen, Mevrouw!» hervor. Bedauerlicherweise der einzige Satz, den ich mittlerweile einigermaßen auf Holländisch beherrschte – und in dieser verfahrenen Situation nicht wirklich von großem Nutzen ...

Doch was war das?

Ein flüchtiges Lächeln huschte plötzlich über die Lippen der jungen Schönheit! «Maar ... », flüsterte sie, und ihre Stimme nahm schlagartig einen anderen Tonfall an. Ein heiserer, verlockender Singsang war es, in den sie jetzt verfiel, während sie gleichzeitig mit einer Hand über ihren Hals, dann weiter hinab, bis über ihren Busen strich. «Wil jij me in mijn kont en in m'n kutje neuken?» Dann lachte sie leise, vergrub die freie Hand zwischen ihren Schenkeln, raffte den Stoff ihres Rocks und sagte: «O, dank je wel, Mijneer ... kom, Lieverd ... voor een lange avond!»

Mit diesen Worten zog sie mich zu sich herein, schloss die Tür mit einem großen Schlüssel ab und führte mich nach oben – in einen rustikalen, aber gemütlichen Raum. Überall, auch auf dem weichen Himmelbett, das ich hier gewiss nicht erwartet hatte, lagen Reste warmen Heus, die das Innere der Mühle in eine anheimelnde Wärme hüllten. Marijne und ihre prallen Kuheuter waren längst vergessen.

«Schaam je nergends voor ... Ik ben voor alles in, Schatje», hauchte die blondmähnige Schönheit, während sie einige Kerzenlichter entzündete, die das Gemach – in schwindelerregender Höhe über dem Mühlstein – in rotgoldenes Licht tauchten. Ehrlich gesagt, mir wäre aber auch ohne ihren Hinweis nichts eingefallen, wofür ich mich hätte schämen müssen.

«Ik ben als was in je handen ...», stöhnte sie und streifte sich verführerisch langsam den Ausgehrock von den Schultern. Wie Wachs in meinen Händen würde sie also sein? – Der Abend versprach ja wirklich interessant zu werden ...

«Doe met me wat je wilt ... geef toe aan je meest perverse

verlangens ... ik ben je willoze Slavin ...»

An dieser Stelle musste ich sie kurz in ihrem Redefluss stoppen und stammelte irgendetwas wie: «Es tut mir Leid, bezaubernde Mevrouw, leider spreche ich Eure Sprache nicht sonderlich gut ...»

«Mevrouw?», erwiderte sie da im vollen Brustton aufrichtiger Entrüstung. «Von wem habt Ihr das denn? Ich bin doch noch ein Meisje, geen vrouw!»

«Ihr sprecht ... Französisch?!» Ich fiel aus allen Wolken.

«Maar ... biensûr, Monsieur! Ich spreche alle Sprachen dieser Welt ... beziehungsweise ... die eine Sprache, die auf der ganzen Welt verstanden wird!»

Ihr Name war Seline, Seline van der Vlugt ... und sie war die Mutter aller Sünden. Kaum älter als sechzehn Jahre ließ sie nach und nach Hülle um Hülle fallen, während sich mein Geschlecht verzweifelt einen Weg durch meine Beinkleider nach außen suchen wollte.

Ihr Gesicht, das ich nun im Kerzenschein erstmals wirklich zu sehen bekam, war puppenhaft und makellos. Eine gerades, leicht nach oben gebogenes Näschen über hübschen, kirschförmigen Puppenlippen – und einem Paar tiefblauer Augen, die wie zwei verlangende und betörende Saphire glänzten.

Ich gewahrte, wie ihre Halsschlagader unter der marmorweißen Hautfläche in heftigen Intervallen pulsierte, als sie den Kopf in den Nacken legte und leise auflachte. Ein merkwürdiges Verlangen überkam mich bei diesem Anblick. Der furchteinflößende Wunsch, meine Zähne in ihr zartes Fleisch zu graben und ihr heißes, strömendes Blut zu trinken, wie jene Untoten, die in den Weiten Transsylvaniens angeblich ihr Unwesen trieben. Noch nie fühlte ich mich der Raserei so nahe. Fasziniert und atemlos betrachtete ich ihre schlanken, lang gewachsenen Beine, die anmutigen Arme, deren Bewegungen von ungeahnter tänzerischer Eleganz waren, und diesem Mädchen etwas Ätherisches verliehen.

Seline legte sich aufs Bett, den bebenden jugendlichen Leib nur von einem beigefarbenen Linnen bedeckt, das meinen

Augen mehr als nur Andeutungen dieser fleischgewordenen Märchenfee offenbarte. Überdeutlich zeichneten sich die erregten Knospen ihrer kleinen Puppenbrüste unter dem Stoff ab – und plötzlich, zwischen zwei perlmuttartig schimmernden Zahnreihen, drang ihre edenrote Zungenspitze hervor, um die anschwellenden Lippen zu benetzen. Ihre Pupillen weiteten sich ... und das Verlangen in mir, sie zu besitzen, sie zu verschlingen, sie mir mit Haut und Haaren einzuverleiben, wurde schier übermächtig!

«Komm doch näher», hauchte sie zärtlich und machte eine entsprechende Geste mit ihren feingliedrigen Fingern. Ich kam der Aufforderung nach, doch schon drehte sie sich auf die Seite und wandte mir ihre kleinen, erzitternden Hinterbacken zu. Ein Hauch von Rosa überzog den gespaltenen Mond, der mich verführerisch anzulächeln schien. «Wo bleibst du denn?»

Mit einem Satz war ich neben ihr im Bett und begann stürmisch sie zu liebkosen, ließ meine Hände durch ihr duftendes, parfumgeschwängertes Haar gleiten, betastete die weichen und die festen, die warmen und die kühleren Bereiche ihres Körpers, erforschte die verborgenen Geheimnisse zwischen ihren Schenkeln, und–

Abrupt stieß sie mich beiseite und setzte ein maliziöses Lächeln auf, ehe sie alle Kerzen – bis auf eine – verlöschen ließ, sodass schlagartig mehr Dunkelheit denn Licht vorherrschte.

«Komm, zeig mir deinen Schwanz», gurrte sie, machte sich mit geschickten Fingern an meiner Hose zu schaffen und umfasste meinen Penis mit forschem Griff. «Ich will ihn mich fühlen lassen!»

Vor lauter Glücksgefühl schloss ich die Augen, in der Hoffnung, sie würde ihn zwischen ihren geschickten Handflächen reiben, um mich damit zum Wahnsinn zu treiben. Oder, nach Art einer französischen Prostituierten, ihren glühenden Mund um die purpurne Spitze meines Geschlechts schließen. Noch während ich mich diesen verführerischen Gedanken hingab, spürte ich urplötzlich einen kochend heißen Schwall auf meinen angeschwollenen Schwanz und dem darunter befindlichen Säckchen niedergehen.

Verwundert öffnete ich die Augen und erblickte Seline, die sich breitbeinig aufgebaut hatte und hemmungslos ihre Blase über mir entleerte! Ein dampfender, goldener Strahl flüssigen Honigs, der mit aller Bestimmtheit sein Ziel fand, leise plätschernd und zischend über mir niederging. Ich war sprachlos, rang nach Worten, aber Seline machte nur «Scht!» und legte in eindeutiger Weise ihren Zeigefinger über die Lippen. Lauter und lauter wurde das Sprudeln des goldenen Quells, der zwischen den zarten Tulpenblättern ihrer aufreizenden ‹*kutje*› hervorschoss. Ehe ich noch zu einer Reaktion fähig war, verwandelte sich der goldene Regen in eine sprudelnde ‹*douche trés douce*›. Der rational denkende Teil meiner selbst war längst machtlos geworden.

Nur noch dem barbarischen Instinkt folgend, der die Oberhand gewonnen hatte, öffnete ich meinen Mund und ließ Selines Champagner in mich hinein. Als hätte sie das Verlangen in mir gespürt, eine klaffende Wunde in ihrem Fleisch möge sich öffnen, um ihr Innerstes nach außen zu kehren, ließ sie es über mich herabregnen, bis nur noch vereinzelte Tropfen hervorkommen wollten und der salzige Trank sich erschöpfte. Mein Schwanz war zu einer wild pochenden, eruptionsbereiten Magmagrube geworden, die nur noch um Haaresbreite vor dem Ausbruch stand. Derartige Genüsse war ich zwar aus meiner Pariser Zeit gewohnt, hatte aber in der Abgeschiedenheit dieser Weltgegend nicht einen Gedanken daran verschwendet!

«Entspann dich», murmelte Seline leise. «Lehn dich zurück. Gib dich mir ganz hin! Auch ich gebe mich dir ... ganz und gar ...»

Mit diesen Worten, deren Sinn ich noch gar nicht wirklich erfasst hatte, kniete sie sich über mich und spreizte mit ihren langen, schlanken Fingern die beiden erbebenden Halbmonde ihres Popos, dass mich die rotglühende Rosette geradezu anspringen wollte.

In meinem prall gefüllten Beutel schlug die Sahne Blasen. Lange würde ich das dämonische Spiel Selines nicht mehr aushalten können. Und wenn sie mir nun die feuchte Höhlung ihres verlockenden Arsches über die beinahe schmerzhaft pochende Spitze meines Schwanzes stülpen würde ...? Erste Tröpfchen des erzitternden Vulkans in mir drangen glitzernd wie Perlen an die Oberfläche und rannen über die Kuppe meiner Eichel.

«Ich gebe mich dir ganz und gar», lachte sie teuflisch auf.

Unschlüssig, wie ich nun reagieren sollte, wurde ich Zeuge eines unfassbaren Schauspiels! Das rosafarbene Liebestor ihres großen runden Pos, ihr ‹kontje›, weitete sich, als könne sie diesen Teil ihres Körpers bewusst steuern! Ich war wie paralysiert, ließ es einfach geschehen, war teilnahmsloser Zuschauer geworden. Seline befeuchtete die Finger ihrer rechten Hand und ließ diese der Reihe nach im eigenen Anus verschwinden! Der Anblick war unbeschreiblich. Dieses Mädchen versenkte die eigene Hand in seinem engen Loch! Besorgte es sich vor meinen Augen auf diese entsetzlich schamlose Weise selbst! Dass dabei nicht alles wirklich sauber blieb, schien das verdorbene Stück in seinem Taumel wenig zu stören. Vor und zurück schob sie ihre Hand in den geweiteten Liebesring ihres Popos und stieß Laute solch heißblütiger Lust aus, dass mein Stößel zu ungeahnter Größe, ja über sich selbst hinauswuchs!

Hysterisch keuchend wirbelte Seline plötzlich herum und warf sich auf mich, der ich völlig schockiert und überwältigt – von ihrer Schönheit und Obszönität gleichermaßen – dalag und mich fragte, ob ich eigentlich wachte oder träumte.

«Und jetzt – fickst du meinen jungen Arsch!», befahl sie mir.

Ohne mein Eingreifen abzuwarten, ging sie vor mir auf alle viere, schnappte sich meinen Schweif und rammte ihn sich hemmungslos aufstöhnend in ihre verschmierte Pospalte. Und ritt mich wie eine tollwütige, rossige Stute. Dann änderte sie wieder die Position, bog sich nach hinten durch, stützte sich auf dem Bett ab und präsentierte mir ihr glatt rasiertes Fötzchen – ihre aufregende ‹kutje›, bei deren Anblick ich beinahe den Verstand verlor. Zumal Seline sich im nächsten Moment auf den Bauch legte und darauf bestand, abwechselnd in beide Öffnungen gevögelt zu werden. Einen Wunsch, den ich ihr gerne erfüllte.

Es fühlte sich an, als würde man es mit zwei Damen gleichzeitig tun: die eine schon reifer, sehr erfahren, kochend heiß und saftig; die andere noch sehr jung, aufregend schmutzig und weniger feucht, dafür jedoch sehr viel enger und etwas kühler. Die Feuchtigkeit der Erwachsenen ließ sich allerdings mit jedem Wechselstoß in die hautenge Möse der Adoleszenten treiben.

Ich mühte mich redlich, beiden mit ganzer Kraft zu zeigen, dass ein Vertreter der französischen Krone immer und überall Herr der Lage war. Es schien mir auch sehr wohl zu gelingen, denn ein jedes Eindringen in ihre Liebeshöhlen quittierte Seline van der Vlugt mit äußerst unmanierlichen Schreien, Ausbrüchen schmutziger Wörter und völlig ausgelassenem Stöhnen. Ungestüm warf sie sich auf dem Bett hin und her und kümmerte sich nicht darum, ob die Luft, die ich bei meinen raschen Wechseln in ihre Spalten presste, sich geräuschvoll wieder aus ihrem Leib löste. Sie genoss es einfach nur, von meinem harten, zuckenden Phallus aufgespießt zu werden! Liebte das Gefühl, meine Hoden gegen ihre knackigen Hinterbacken klatschen zu spüren!

Dann wechselten wir die Stellung. Und als ich mich auf den Rücken gelegt hatte, ging sie wieder über mir in Position. Da geschah es: Nachdem ich ihr das Innere ihres kleinen Gärtchens bereits so gründlich umgepflügt hatte, konnten Selines aufwallende Magmawogen nicht länger zurückgehalten werden. Alles schoss in einem dickflüssigen Schwall hervor, dass es nur so klatschte – und sowohl ihre Möse als auch mein Leib wurden in dunkelstes Karmesinrot gefärbt! Das verluderte Biest!

Seline war auf dem Höhepunkt ihrer ‹gewissen Tage› und ließ alles ohne jede Scham und Hemmung auf mich nieder. Der Anblick des hervorsprudelnden Blutes und der roten, feuchtnass triefenden Spalte, das stinkende, auseinander gedehnte, meinen Schwanz in sich hineinsaugende Arschloch und darüber die nymphenhafte Puppengestalt eines Mädchens, das von derartiger Anmut war, dass ich es einfach nicht glauben konnte – es war zu viel! Mein Körper bäumte sich auf und verkrampfte sich.

Ich schloss die Augen und bemerkte in meiner Erregung nicht, wie Seline von mir stieg. Wie eine Verdurstende auf das letzte Quäntchen Wasser stürzte sie sich auf meinen Schwanz, der von ihrem Blut und anderem getränkt war, und lutschte so heftig an ihm, leckte ihn ab und biss in ihn hinein, dass die Schmerzwogen sich in meinem Schädel mit den Erschütterungen des wild aufbrüllenden Samenergusses vermischten!

Ich war einer Ohnmacht nahe, als ich spürte, wie sie all meine Flüssigkeit in sich hineinsog, an meiner wunden Eichel erbarmungslos saugte, bis nichts mehr kommen wollte. Und selbst dann hörte sie noch immer nicht auf ...

Seline van der Vlugt ...

Noch mindestens viermal trieben wir es an diesem Abend. Wie verrückt gewordene Tiere, nur der bestialischen Lust ergeben. Gegenseitig rissen wir uns die Haut auf, tranken die Tropfen hellroten, hervorquellenden Blutes, berauschten uns aneinander, wie ich es noch nie in meinem nun schon achtunddreißig Jahre währenden Leben jemals erlebt hatte.

Seline van der Vlugt, ich kann nicht aufhören, an diesen verheißungsvollen Namen zu denken, der mein Leben fortan bestimmt hat ... Doch ich greife schon wieder vor. Ich muss um Verzeihung bitten, liebe Leser.

Wie ich bereits eingangs erwähnt habe, hatte ich aufgrund äußerst prekärer Umstände von Ihrer Exzellenz einen Auftrag erhalten, der einen zweiwöchigen Aufenthalt in den Niederlanden erforderte. Es waren Umstände enormer politischer und diplomatischer Brisanz, zumal die Beziehungen Frankreichs zu den benachbarten Protestanten alles andere als problemlos waren.

Ich wurde also ins Haus der Baronesse von Tilburg, ehemals Jacqueline d'Arventis, gebeten, um eine Angelegenheit aus der Welt zu schaffen, die nun schon seit nahezu siebzehn Jahren – so wurde mir gesagt – die französisch-holländischen Beziehungen belastete.

Noch zu Zeiten, als ich lediglich ein unbedeutender Sachse ohne jeden Rang und Stand war, hatte ich in einer durchzechten Nacht bereits einmal das Vergnügen mit Jaqueline gehabt; die war damals allerdings noch keine holländische, sondern eine französische Adelige, von Geburt her.

Um der guten alten Zeiten willen also hielt man mich für besonders geeignet, mit ihr – gewissermaßen als Unterhändler – ein vertrauliches Gespräch zu führen.

Es kursierten nämlich Gerüchte, die Baronesse habe einen illegitimen Sohn, dessen Vater ein französischer Höfling sei. Und meine Aufgabe war es, die Angelegenheit aus der Welt zu schaffen und das törichte Gerede um eine angebliche Vergewaltigung ein für alle Mal zu beseitigen.

«Es ist aber sehr wohl die Wahrheit», gestand mir die Baronesse hinter vorgehaltener Hand. «Ich habe tatsächlich ein Kind von einem fremden Mann.»

«So? Und da es aus der Zeit vor Eurer Ehe stammt, habt Ihr dummerweise diese Vergewaltigung durch einen normannischen Heißsporn erfunden?»

«In der Tat ...», nickte die Baronesse beschämt, «das war töricht von mir. – Doch ich spreche heute zu Euch, weil ...»

«Ja?», fragte ich höflich, aber bestimmt nach.

«... Ihr der Vater meines Kindes sein müsst! Es kommt außer Euch niemand anders dafür in Frage!»

Ich war verblüfft, gleichermaßen jedoch auch hocherfreut. «Und Ihr wollt, dass –»

«Dass Ihr Euch zu dem Kinde als der leibliche Vater bekennt, jawohl. Ich habe auch bereits einige Urkunden beschaffen lassen, aus denen hervorgeht, dass wir damals beide verheiratet waren, unsere Ehe allerdings schließlich geschieden wurde!»

«Aber ... das ist ja die reinste Urkundenfälschung!», zischte ich erregt.

«Nun, was sagt Ihr zu meinem Vorschlag? – Ihr sollt reich dafür entlohnt werden, wenn Ihr einwilligt ...»

«Also gut», erwiderte ich nach längerem Zögern, «wenn ich Euch und der französischen Krone damit einen Dienst erweisen kann, soll es mir eine Ehre sein.»

Sie lächelte mir zufrieden zu, während ich meine Unterschrift unter das gefälschte Dokument setzte.

«Auf welchen Namen hört denn mein Sohn?», wollte ich voller Neugier und Ungestüm wissen.

«Wir», erwiderte die Baronesse gönnerhaft, «sind die Eltern einer ganz bezaubernden Tochter, lieber Carl. Ihr Name ist Marie-Seline. In den sieben holländischen Provinzen überall bekannt als Seline van der Vlugt, Kurfürstin zu Tilburg-Lohenstein!»

Ich und mein sich aufbäumendes Geschlecht erstarrten, als nun genau diese Marie-Seline – meine Seline! – in unbezahlbare Kostbarkeiten gekleidet, hintergründig lächelnd den Salon betrat und mich mit einem höflichen Nicken und verschwörerischem Augenzwinkern begrüßte ...

Ich habe nie verstehen können, wie ein Vater seine Tochter richtig lieben kann, ohne auch nur einmal mit ihr geschlafen zu haben ...

Geschichte meines Lebens, Giacomo Casanova

Imperia

Qu'est-ce que cela vous fait qu'elle danse dans le sang?
Vous avez bien marché dedans, vous ...
(Was macht es Euch schon aus, dass sie in Blut tanzt?
Ihr selbst seid tief genug darin umhergewatet ...)
Salomé, Oscar Wilde

Die Lügen waren ausgesprochen. Zur Wahrheit erhoben durch die Andeutung eines flüchtigen Lächelns und eines verführerischen Wimpernschlags.

Gwenaëlle de Villoncourt erschauerte angesichts des unverhohlenen Verlangens, ließ sich in die Kissen zurücksinken und wagte es kaum, scheu den Blick zu heben.

Der Raum war in geheimnisvolles Zwielicht gehüllt. Schatten und seelenlose Schemen schienen dickflüssig aus den Kerzen auf den Kommoden zu quellen. Selbst das kaum wahrzunehmende Knistern der brennenden Dochte erweckte den Eindruck gespenstischer Stimmen, deren Atem in zart gewobenen Nebelschleiern von der hoch gewölbten Decke herabsanken und sich in Düsternis verloren. Jenseits des Wahrnehmbaren, irgendwo zwischen dieser und einer unsichtbaren Welt.

Ein sonderbarer Geruch lag in der Luft. Fragil. Leicht verletzlich. Geboren aus einem Übermaß sehnsuchtsvollen Empfindens am Rande glutflüssiger Leidenschaften. Es war dieser außergewöhnliche Duft, der die gesamte Villa erfüllte. Das hohe Mauerwerk, die Portale, das florentinische Mobiliar, ja selbst die Instrumente im Musikzimmer verströmten den Hauch bittersüßen Schmerzes – diese Melange träger, schwüler und verwirrender Aromen, die das Anwesen über Generationen in sich aufgenommen hatte. So lang, bis es restlos ausgefüllt war und die sinnenberauschenden Essenzen vergangener Zeiten sich über das Wechselspiel schwindender Tage und neu erstehender Nächte ergossen.

Wie ein transparenter, heimlich geflochtener Zauber hatte die Ahnung stiller Melancholie ihre Schwingen über den ehrwürdigen Palazzo ausgebreitet. Ein nicht eingelöstes Versprechen, das der eigentümlichen Atmosphäre etwas Verstörendes und Unheilvolles lieh.

Gaëlles Herz schlug heftiger. Von unsterblicher Liebe hatte sie ihr gesprochen. Hatte ihr zunächst Leidenschaft und unstillbare Begierde gestanden, ohne zu wissen, ob sie dieses verbotene Wagnis jemals mit ihr eingehen würde. War von fürchterlichen Zweifeln befallen worden, vielleicht einen nicht wiedergutzumachenden Fehler zu begehen. Doch dann war etwas Eigenartiges geschehen. Im Angesicht ihrer stillen Schönheit, hier, fernab des Alltäglichen. Hier, wo es nur sie beide allein gab – und die Brandung, die sich rauschend unterhalb der Villa Biagini an den Felsklippen brach. Ein beruhigendes Geräusch im Hintergrund, das ebenso zu diesem abgelegenen Ort gehörte wie sie ... wie Tiziana ...

Tiziana, die sie die Unruhe und den Lärm der Welt vergessen ließ. Die das Triviale und Grobe aussperrte, völlig aus ihrem Reich verbannte. Deren Präsenz die Leere ganz und gar füllte, deren Körper Sündhaftes und Verbotenes zu Tugend und Reinheit erhob – und deren Berührung, zärtlich und leicht wie eine Feder, alles zu verwandeln schien. Ja imstande war, selbst Angst und Scham ins Gegenteil zu verkehren.

Denn genau das hatte sie getan. Mit dem magischen Blick ihrer Satinaugen hatte sie die junge Französin plötzlich neuen, andersartigen Zweifeln und Irritationen ausgesetzt. Mit dem majestätischen Kuss ihrer Feuerlippen, der aus nagendem Zweifel neue Gewissheit erwachsen ließ ...

●●●

Als Gwenaëlle de Villoncourt, die man eher unter ihrem abgekürzten Vornamen Gaëlle kannte, der italienischen Adligen in Genua zum ersten Mal begegnet war, wusste sie, dass sie in eine verzehrende, beinahe schon unsittsame Schwärmerei für diese menschgewordene Tochter der Aphrodite verfallen würde. Tiziana di Biagini schien von einer Aura knisternder Sinnlichkeit umgeben, verstärkt durch eine hochmütige Verachtungshaltung, die sie in der Öffentlichkeit zur Schau trug. Sie beherrschte die Spielregeln der vornehmen Gesellschaft in unnachahmlicher Perfektion. Wenn sie lächelte, blickten ihre Augen ernst. Wenn in ihren Pupillen die Glut ihres gewaltsam unterdrückten Temperaments aufblitzte, wurden ihre Lippen schmal und ein strenger Zug legte sich um ihren Mund.

Gaëlle hatte beobachtet, mit welch offensichtlichem Widerwillen Tiziana den Champagner aus geschliffenen Kristallgläsern trank. Glaubte beinahe körperlich die geschauspielerte Überwindung spüren zu können, die die italienische Schönheit aufbrachte, um von teuersten und erlesensten Delikatessen zu kosten. Tiziana gab sich niemals eine Blöße. Genuss, Freude und zu große Vertraulichkeit anderen gegenüber zu zeigen, wäre dem gleichgekommen, sich verwundbar, sich angreifbar und schwach zu machen. Das hätte in diesen Kreisen bedeutet, sich den lauernden Wölfen auszuliefern, die nachts wach blieben, um herauszufinden, wie sie einem tagsüber schaden konnten.

Würdevoll hatte sie sich unter ihnen bewegt. Ungleich unter ihresgleichen. Eingehüllt in einen Mantel aus höflicher Distanziertheit. Unnahbar, überlegen, unantastbar und nicht einzuschätzen. Sie ließ sich niemals in die Karten schauen, von niemandem.

Der burgunderrote Stoff ihres Abendkleids hatte sich wie eine zweite Haut an ihren Körper geschmiegt. Ein atemberaubender Frauenkörper von solch schamlosen, aufreizend weiblichen Proportionen, neben denen die erhabensten Kunstwerke Michelangelos zu reiner Bedeutungslosigkeit verblassten. Und ein schier engelhaftes Antlitz, geprägt durch Ebenmaß, Schönheit, Stolz und Intelligenz gleichermaßen, das einer Unsterblichen würdig gewesen wäre.

Als sie dieses Gesicht das erste Mal erblickt hatte, waren Gaëlle de Villoncourt Schauer der Erregung über die Haut gerieselt.

Obwohl man sie darauf hingewiesen hatte, dass Tiziana di Biagini zum Geschlecht derer von Savoyen gehörte und die Schönheit der Savoyen-Töchter als geradezu legendär galt, war sie nicht vorbereitet gewesen, nicht ... darauf. Wie in einem erotischen Sommernachtstraum hatte sich Gaëlle durch den Saal bewegt und suchend umgeblickt, vorbei an Männern und Frauen, die in sündhaft teure Stoffe der Haute Couture gekleidet waren, parfümiert mit exklusiven Düften, geschmückt mit funkelnden Ringen, Broschen, Juwelen, Ketten, Armreifen und Halsbändern.

Sie hatte sich bemüht, die Verheißungen zu ignorieren, die unterschwellig von den anderen Gästen ausgingen. Alle hier waren schön, erregend und verlockend, ja ... aber unter ihnen war nicht ein Geschöpf, das gleichzeitig derart überschwängliche Komplimente und eindringliche Warnungen verdient gehabt hätte, wie man sie der Savoyen-Tochter nachsagte.

Dann, als sich ein Grüppchen fröhlich lachender Gäste teilte, um Gaëlle Passage zu gewähren, enthüllte sich vor ihren Augen unvermittelt eine andere Sphäre ...

Da stand sie, den Blick gesenkt, und lauschte den Worten eines jungen Mannes, der ihr etwas ins Ohr flüsterte. Ihre Finger liebkosten dabei anmutig den geschliffenen Kristall eines Champagnerkelchs, und sie lächelte und nickte, ohne ein Wort zu erwidern.

Gaëlle hielt unwillkürlich den Atem an: diese unglaublichen Wimpern, diese Nase, die Form der Wangen, das Kinn, die Stirn, der Schwung dieser Brauen, der leicht geöffnete, dunkelrote Mund, die verführerischen Lippen einer jüdischen Prinzessin ... das musste sie sein! Diese Frau war eine Göttin, anbetungswürdig und vollkommen – Tiziana di Biagini!

Die junge Französin konnte nicht sagen, ob sie den Namen nur in Gedanken für sich wiederholt oder ihn leicht hörbar mit bebenden Lippen gewispert hatte, während ihre Hand sich schützend aufs Dekolleté presste, die Fingerspitzen unruhig nach pochenden Venen tastend. Doch es war jetzt nicht mehr von Bedeutung.

Auf unerklärliche Weise schien Tiziana den stillen Klang ihres Namens vernommen zu haben, denn sie blickte auf ... zaghaft, lasziv und mit solcher Zärtlichkeit, als befürchtete sie, durch eine zu rasche Bewegung ihrer Augenlider ein allzu seltenes und sehr scheues Tier zu verschrecken. Ihre Blicke trafen sich, als hätte sie schon die ganze Zeit über gewusst, dass Gaëlle dort gestanden und sie beobachtet hatte. Dass sie heute Abend hierher kommen würde – hierher, zu ihr.

Gaëlle de Villoncourt regte sich nicht. Stand einfach nur da. Ergab sich ihr. Wollte sich hingeben, ganz und gar. Wie ein verliebtes Schulmädchen starrte sie auf die betörende Frau, deren Engelsgesicht von einer ebenholzfarbenen Haarflut umrahmt wurde. Spürte das verzehrende Feuer, das hinter diesen abgründigen Augen loderte.

Tizianas Blick war von hypnotischer Macht und Eindringlichkeit. Er bohrte sich unwiderruflich tief ins Innerste, um auch die dunkelsten Geheimnisse zu ergründen. Und Gaëlles Herz blutete für sie ...

Der Familiensitz der Biaginis, ein verwitterter, rätselhaft wirkender Renaissancebau, lag mehrere Meilen südwestlich von Genua, am Rande einer weniger bekannten Stadt namens Imperia. – Wie anders hätte ein Ort auch heißen können, der eine Tochter wie Tiziana di Biagini hervorgebracht hatte?

Seit vielen Jahrhunderten ragte der Palazzo an der ligurischen Küste wie ein mittelalterliches Kastell in die Höhe und beflügelte, zumal in den Stunden der Dämmerung, die Phantasie der Menschen.

Nun, da Gaëlle zum ersten Mal die prunkvollen Hallen betrat, erging es ihr kaum anders. Denn ihre lebhafte Phantasie ließ sich von Natur aus leicht erregen und begann sofort fiebrig in ihr zu arbeiten. Unvermutet stiegen erotische, jedoch auch beängstigende Visionen in ihrem Innern auf. Wunschträume, die sie bislang unterdrückt oder zumindest geheim gehalten hatte. Streng gehütete Sehnsüchte, die, einmal enthüllt, wie fein geschliffene Edelsteine im Mondlicht aufglitzerten.

Was mochte sich an diesem verwunschenen Ort vor Zeiten abgespielt haben? Wie viele Dramen unerfüllter Liebe und quälender Eifersucht?

Gaëlle atmete den Odem gewaltsamer Ausbrüche, entfesselter Leidenschaften und dämonischer Besessenheit. Würde die dunkle Magie dieser Stätte auch von ihr Besitz ergreifen? Sie fürchtete sich davor. Und wünschte sich zugleich, dass es doch so kommen möge. Angst und Ungewissheit vor dem Sturm waren oft viel schlimmer zu ertragen als das eigentliche Wüten der Gewalten. Und die auflodernden, widersprüchlichen Empfindungen, die Gaëlle zerreißen wollten, wurden mit jedem verstreichenden Atemzug unerträglicher.

Gemeinsam traten die beiden Frauen auf die Terrasse hinaus. Tiziana ließ ihr den Vortritt.

Die Villa war von Morgennebel verhangen, dessen fahle Schwaden sich in den Baumwipfeln des angrenzenden Bosketts verfingen. Pinien und Kiefern, die ihren schweren Geruch verströmten und der salzigen Seeluft eine eigenwillige Note verliehen.

Zur einen Seite fielen die Felsen steil ab, in eine enge Bucht, wo das Meer mit hellem Schaum brodelte. Auf der anderen Seite konnte man die fahlroten Ziegeldächer der Häuser sehen, die sich in den grünbewachsenen Steilhang duckten. Wie sonderbar und befremdlich das alles wirkte. Die Dämmerung jedoch raubte der Welt alle Farbe, ließ selbst die Terracottavasen der Villa grau und blass wirken. Tauperlen hatten sich auf die Blütenkelche gelegt, rannen in sie hinein, tropften klebrig wieder daraus hervor. Die Natur hatte etwas Ursprüngliches und Obszönes, etwas Verdorbenes, ganz auf die eigene Lust Gerichtetes an sich, das Gaëlle de Villoncourts Körper mit einem kühlen Prickeln überzog.

Die Brise ließ Gaëlles Kleid flattern und erregend über ihre Brustwarzen streichen. Die Natur schien es darauf anzulegen, lüsterne Feuchtigkeit entstehen zu lassen, wo auch immer. Wollte verborgene Quellen durch Erdbebenstöße hervorbrechen lassen, glühende Eruptionen bis zum Himmel hinaufschleudern, mit feurigen Blitzen tief in die Erde eindringen, Stein und Holz spalten, alles um sich herum in Brand setzen, in Asche verwandeln, zerfressen und dabei rücksichtslos ungezügelte Lebenskraft verströmen.

Die Natur war eine entsetzliche Eroberin. Gewalttätig und vergewaltigend. Furchtbar und fruchtbar zugleich. Tizianas Hand strich vertraulich über Gaëlles Rücken. Die liebestrunkene Französin erschauerte. Sie schloss die Augen und erstarrte auf der Stelle. Dann stieß sie zitternd den Atem aus. Und doch ... diese Berührung war für sie wie eine Erlösung.

«Ich habe es nicht gewagt», sagte sie leise, als Tizianas Hände warm über ihre Schulterblätter strichen, sich provozierend langsam auf ihren Nacken zu bewegten. «Du bist so unglaublich schön, so rein – und ich habe furchtbare Angst davor, Schönheit und Reinheit durch eine unbedachte Berührung zu zerstören.»

Tizianas Hände glitten über Gaëlles Schultern und umschlangen die erbebende Französin jetzt sanft von hinten ... mit unsagbarer Zärtlichkeit. Sie spürte Tizianas weiche Lippen auf der Haut, als diese ihren Nacken liebkosten, fühlte ihren heißen Atem, als sie dicht an ihrem Ohr wisperte: «Ich hingegen fürchte mich niemals davor, etwas zu berühren, was mir gefällt ...»

●●●

Sie ließ es geschehen.

Das Blut rauschte durch ihre Venen, klopfte in den Schläfen, pochte hart durch die Pulsschlagadern ihrer Handgelenke. Erwartungsvoll war sie in Tizianas Bett gesunken, hatte versucht ihren Atem unter Kontrolle zu halten, als die Hände der Verführerin ihr die Kleidung abstreiften.

Unheimliche Kerzenflammen hüllten den Raum in roten Schimmer. Sie warfen ihr Licht auf die Gemälde an den Wänden und tauchten die ineinander verschlungenen Körper der beiden Frauen in diabolische Farben.

Gaëlle neigte den Kopf zur Seite, als Tizianas Zunge heiß und feucht über ihren Hals glitt und die Hände der Savoyentochter mit sanfter Gewalt den Reißverschluss auf der Rückseite ihres Kleides öffneten, nur um im nächsten Moment Gaëlles Schultern zu entblößen.

Eines der Gemälde zeigte Judith ... verzerrt ... zu allem entschlossen ...

Tizianas Hände betasteten Gaëlles Brüste, schoben das Kleid ein Stückchen weiter nach unten.

... mit einer Schwertklinge in der Hand ... mörderisch und scharf geschliffen ...

Die Französin wand und räkelte sich unruhig unter den fremdartigen Berührungen. Scham und Lust vereinigten sich unter Tizianas Liebkosungen zu etwas völlig Neuem, Überwältigendem.

... die Holofernes' Kehle in einen obszön aufklaffenden, sprudelnden Spalt verwandelte ...

Gwenaëlle sehnte sich danach, ebenfalls etwas Hartes, Unnachgiebiges in sich eindringen zu spüren, damit die auflodernde Lust in dunklen Strömen aus ihrem Innern hervorfließen konnte.

Aber noch war es nicht so weit. Tiziana erkundete ihren Körper – und Gaëlle gab sich den nie gekannten Empfindungen hin, die dieses verbotene Spiel ihr verursachte.

War es nicht unrecht? War es nicht ein Zeichen größter Verdorbenheit, ja, geradezu widernatürlich, sich derartigen Gelüsten hinzugeben? Schließlich war sie, wie Tiziana, eine Frau. Eine begehrenswerte Frau, der die Männer zu Füßen lagen. Es wäre ein Leichtes gewesen, sich für diese Nacht einen Liebhaber zu erwählen. Was war nur in sie gefahren, sich in die Fänge dieser berauschenden Kokotte zu begeben? Sich diesen hinreißenden Lippen, Fingern und der leidenschaftlichen Glut zu überlassen, die diesen Ort auf so entsetzlich unwiderstehliche Weise beherrschten?

Tizianas Hände fuhren durch das keltisch blonde Haar der Bretonin, schmiegten sich erregend um ihren Kopf, während sie gleichzeitig die freigelegten Brüste mit Zähnen und Zunge verwöhnte. Gaëlles Atem ging rascher, beschleunigte sich jetzt im selben Tempo, wie auch der Rhythmus ihres Herzschlags zunahm. Tiziana wusste, welches Gemälde die Geliebte dieser Nacht gerade erblickte. Gaëlle hatte den Kopf schamhaft von ihr abgewandt und blinzelte unter fliehenden Lidern zur gegenüberliegenden Wand.

«Je baiserai ta bouche, Iokanaan», flüsterte Tiziana ihr in perfektem Französisch zu. «Ich werde deinen Mund küssen, Iokanaan.»

Es war ein schockierendes Gemälde Caravaggios: Salomé, die den Kopf des Täufers auf einem Silbertablett hielt ...

Sie zwang Gaëlle, sie wieder anzusehen: «Laisse-moi baiser ta bouche ...»

... und ihre Lippen gierig auf die roten, blutverschmierten Lippen des abgeschlagenen Schädels presste ...

Gaëlle verging. Sie war mit solcher Energie erfüllt, mit Wollust und verzweifelter Wut, dass sie es kaum noch ertragen konnte. Wie zwei Schwestern, die sich verloren glaubten, klammerten sie sich aneinander und schenkten sich gegenseitig Liebe und Atem. Sie vereinigten ihre sinnlichen Lippen zu einem flammenden Kuss und ließen ihre Zungen umeinander tanzen.

Die letzten Zweifel verflogen: Gwenaëlle de Villoncourt hatte ihre Entscheidung endgültig getroffen. Sie war nun sicher, was sie wirklich wollte. Und es gab keinen Weg zurück.

Die beiden legten die Kleider nicht erst ab, sondern rissen sie sich hemmungslos vom Leib. Sie befreiten die Brüste aus ihren Gefängnissen und ließen ihre Venushügel sichtbar werden: glatte, samtig schimmernde Haut, von der jedes einzelne Härchen entfernt worden war.

Mit vor Erregung zitternden Fingern erkundeten sie gegenseitig ihre nass glitzernden Labien, neckten die harten Knospen ihrer Busen, kneteten das warme Fleisch ihrer gespaltenen

Hintern und drangen bald schon wechselseitig mit den Zungen ineinander ein.

Gaëlle hatte davon gehört, dass man derlei Spiele in ihrer Heimat als ‹Feuille de Rose›, als ‹Rosenblatt›, bezeichnete. Aber niemals hätte sie es für möglich gehalten, eines Tages selbst dieses Unsagbare zu tun – und einer fremden Frau mit der Zunge die schmutzigste und obszönste Körperöffnung sauber zu lecken, während diese wiederum dasselbe Spiel mit ihrem Körper trieb! Dieser maßlose Anilingus war mit Abstand das Unanständigste und Perverseste, auf das sie sich jemals eingelassen hatte ...

«Ah! Was machst du da?!», schrie Gaëlle plötzlich auf, als sie spürte, wie Tizianas Finger in sie hineinglitt. In eine Öffnung, aus der normalerweise nur Dinge herausglitten.

«Es wird Zeit, dir die wahre Lust zu offenbaren», raunte di Biagini und begann an Gaëlles Klitoris zu saugen und zu lutschen, dass die junge Französin wie unter den elektrischen Stößen einer Muräne zusammenzuckte! Und gleichzeitig penetrierte sie ihre sapphische Geliebte anal – zunächst jedoch nur mit einem Finger. Immer wieder verrieb sie die Feuchtigkeit, die aus Gaëlles verlangender Spalte quoll, über ihrer nachgiebigen Rosette und schob ihr plötzlich Zeige- und Mittelfinger in den Anus. Dann tiefer hinein, bis ins Rektum.

Gwenaëlle spürte den unablässig an ihrem umhergewirbelten Juwel saugenden Mund. Die raue Zunge, die sie langsam, aber sicher in den Wahnsinn trieb. Fühlte den Daumen, der sich nun in ihre aufseufzende Vagina drängte – und erschauerte unter dem irrsinnigen Gefühl, als Tiziana begann, die dünne Membran zwischen Scheidenwand und Darm zu massieren, indem sie ihre Finger gegenläufig kreisen ließ.

Gaëlle de Villoncourt stieß einen spitzen Lustschrei aus, tastete nach ihren eigenen Brustwarzen und ließ ihre Fingerkuppen um die breiten Höfe wandern.

«Möchtest du mehr?», hauchte Tiziana.

«Ja ...»

«Möchtest du drei Finger in dir spüren?»

«Tiziana ... bitte ...»

Gaëlles Körper erbebte vor unsagbarer Lust, als sie einen weiteren Finger in ihr entzündlich gerötetes Loch geschoben bekam. Das Ganze hatte etwas von einer Entjungferung, denn die Französin hatte es noch nie zuvor gewagt, diese Region ihres Körpers ins Liebesspiel mit einzubeziehen. Und allein der Gedanke daran, ein Mann könnte seinen erigierten Penis dort hineinstecken, hatte sie bisher immer mit einem Gefühl von Ekel und unbestimmter Angst erfüllt.

Aber hier, jetzt und heute war alles anders als sonst.

Tiziana betrachtete sie lächelnd. Wie sie sich aufbäumte und aus ganzer Kraft stöhnte. Wie sie keuchte und dabei ihre kleinen, spitzen Brüste verwöhnte. Dann zog sie den Daumen aus Gaëlles Vagina, um damit die hellrote Lustbeere der Französin zu massieren, die sich plötzlich in dunklem Scharlachrot zeigte!

Es war die Färbung ihres ... Blutes!

Tiziana schob ihrer Geliebten – ohne zu fragen – auch noch den kleinen Finger in den After. Gaëlles heftiges Keuchen glich dem einer Malariakranken. Kalter Schweiß sammelte sich auf ihrer Stirn. Und Tiziana war fasziniert von dem Anblick der blutroten Klitoris. Wieder tauchte sie den Daumen in die Liebeshöhle der Frau, strich über deren Labien und drang mit ihrer anderen Hand tiefer in den ekstatischen Körper ein.

«Ah!» Gaëlle stieß einen Schrei aus und verzog das Gesicht, in dem ein feiner, reißender Schmerz und grenzenlose Geilheit ihren Ausdruck fanden. Tiziana ließ sich davon jedoch nicht irritieren, nahm jetzt ihre freie Hand zu Hilfe, tauchte sie in Gaëlles verlangende Wunde und verstrich das austretende Regelblut über ihren Schamlippen. Verteilte es über ihre Schenkel, über den vor Anspannung zitternden Bauch ... bis hin zum Nabel. Ein irrsinniger Glanz funkelte in Tizianas Augen auf: «Drommetenrot ...», murmelte sie hingerissen.

«Ah! Du tust mir weh!», protestierte die Französin, als di Biagini ihr die Hand schon bis zur Hälfte in die Hinterspalte geschoben hatte. Tiziana näherte sich mit ihrem Gesicht in schlängelnden, tänzerischen Bewegungen der Purpurquelle. Penetrierte gewaltsam den Anus weiter, dessen Schließmuskel Stück um Stück vor dem Eindringling zurückwich. Es brannte und schmerzte zwar, doch immer gerade so, dass es die sexuelle Lust und Erregung immer noch ein bisschen weiter stimulierte.

«Das ist die Farbe Drommetenrot», zitierte Tiziana versunken und völlig von dem Anblick in Bann geschlagen eine Stelle aus Perutz' berühmtem Roman, «in der die Sonne leuchtet am Tage des Gerichts ...»

Sie beugte sich weiter vor und kostete endlich den metallisch-salzigen Geschmack des austretenden Blutes, verdrehte vor Genuss die Augen und gab knurrende, animalische Geräusche von sich. Ihre Zunge trennte die großen, dann auch die kleinen Schamlippen, und Tizianas Mund sog begierig Tropfen und Tropfen des bretonischen Bluts in sich hinein.

«Bist du bereit?», fragte sie, als sie plötzlich spürte, dass der letzte Widerstand Gaëlles beinahe gebrochen war. «Willst du alles nehmen, was ich dir zu geben habe?»

Gaëlle nickte rasch und biss sich auf die Lippe. «Ja ... ich will.»

Tränen liefen ihr über die Wangen, als sich jetzt Tizianas ganze Hand in ihren Mastdarm schob und Gwenaëlles Finger sich in den cremefarbenen Bettbezug verkrallten. Das Gefühl war ganz und gar unbeschreiblich. Für eine Sekunde verlor sie einfach die Kontrolle über ihren Körper, fühlte sich so vollständig, so ausgefüllt, so weit.

Goldgelber Nektar spritzte ihr jäh aus der Scheide, benetzte Tizianas Unterarm, ihre Brüste – und besprenkelte ihr blutiges Engelsgesicht!

Tiziana wiederum begann sich in ihr zu bewegen, wie der überdimensionale Penis eines Giganten. In langsamen, regelmäßigen Bewegungen drehte sie ihren Unterarm in Gaëlles aufgerissenem Arsch hin und her, sodass diese nur noch stoßweise und pfeifend die Luft ein- und ausatmen konnte. Es würde nicht mehr lange dauern, bis ein erlösender Orgasmus die Geschändete auf seinen Schwingen davontragen würde ...

Hand und Unterarm waren besudelt und verschmiert, als sie diese aus der klaffenden Öffnung zog. Doch es störte Tiziana nicht. Sie hatte schon ganz andere Dinge gesehen und erlebt. Das hier war nur natürlich.

«Dreh dich um», befahl sie und Gaëlle gehorchte widerspruchslos. Sie drehte sich auf den Bauch, hob ganz von selbst ihre Gesäßbacken etwas an und machte sich bereit, wieder Tizianas Liebeskünste zu empfangen.

Diese schnallte sich nun einen Gürtel um, an dessen Vorderseite übereinander zwei Penisnachbildungen von ehrfurchtgebietender Größe angebracht waren. Dann zog sie plötzlich ein gefährlich scharf geschliffenes Stilett hervor, was die Bretonin jedoch nicht sehen konnte, und rammte die beiden Godemichés in Gaëlles Körper. Sie drückte die Französin mit ihrem eigenen Körpergewicht nieder, riss mit der linken Hand Gaëlles Kopf in den Nacken und hielt ihr urplötzlich die Stahlklinge an die Kehle!

Blutrinnsale aus Vulva und Anus der Unglücklichen besprenkelten das Laken. Lodernde Angst stieg in Gwenaëlles Brust auf. Hatte Tiziana denn auf einmal den Verstand verloren? Was hatte sie nur vor? Das war doch bald kein Spiel mehr ...!

«Nun, kleine Gaëlle», raunte sie ihr mit heiserer Stimme zu, «vertraust du mir?»

Tiziana zog ihren Unterleib etwas zurück, stieß dann wieder mit unverminderter Gewalt zu und ließ ihre beiden Penisse mit zerstörerischer Gewalt in die heimgesuchten Liebesöffnungen der jungen Frau fahren. Gaëlle de Villoncourt wimmerte hilflos.

«Ja», erwiderte die Wehrlose zwischen zusammengebissenen Zähnen. «Ja, Tiziana, ich vertraue dir ...»

Ein weiterer vergewaltigender Stoß, der Gaëlle an den Rand des Erträglichen brachte.

«Ah!»

«Gut ... das ist sehr gut ...»

Und wieder zog sich Tiziana zurück, nur um erneut in sie einzudringen und beide Körperöffnungen gleichzeitig zu penetrieren.

«Aah!»

«Du weißt, dass Liebe und Tod zwei lüsterne Geschwister sind, die sich niemals trennen lassen ...?» Die eisige Klinge glitt sanft über die gespannte Haut von Gaëlles Hals. «L'amore e la morte – l'amour et la mort.» Nur eine kleine, blitzschnell ausgeführte Bewegung würde nötig sein ...

«Aaah!»

Mit jedem der entsetzlichen Fickstöße explodierten vor Gaëlles innerem Auge die schrecklich blutrünstigen Gemälde. Vielleicht war Tiziana eine Wahnsinnige? Eine Psychopathin? Sie kannte sie doch gar nicht! Sie vergewaltigte sie, nur um sie dann umzubringen! Auf was für ein Abenteuer hatte sie sich da bloß eingelassen? Sie betete zum Himmel, dass es nicht ihr letztes sein würde ...

«Hure», sagte Tiziana jetzt. «Sag mir, dass du meine kleine Hure bist!»

Gaëlle wusste sich keinen Rat mehr. Diese schreckliche Klinge, die jetzt über ihre Halsschlagader wanderte! Es war besser, sie ergab sich Tiziana mit Haut und Haaren und leistete keine Gegenwehr. Wer wusste schon, wie diese auf eine solche Provokation reagieren würde! Sie war wie von Sinnen, vögelte sie jetzt immer schneller, sodass Gaëlle den Orgasmus bereits nahen spürte ... und ihn zugleich fürchtete, denn sie ahnte, was Tiziana geplant hatte.

«Sag es!»

«Deine kleine Hure. Ich bin ... deine kleine Hure!»

«Lauter!»

«Ich bin deine kleine Hure!»

«Ein kleines, stinkendes Miststück!»

«Ja!»

«Du bist es nicht wert, von mir gefickt zu werden!»

«Nein, ich bin es nicht wert!»

«Und trotzdem spürst du es kommen! Was erlaubst du dir?»

Gaëlle weinte und zitterte.

«Sag: Spürst du es?»

Aber ihr blieb keine andere Wahl.

«Ja, ich spüre es. Ich komme! O mein Gott! Ich komme …!»

Gwenaëlles Körper zuckte heftig unter dem infernalischen Klimax, der sie mit eiserner Gewalt gepackt hielt und all ihre Nervenbahnen wie flüssiges Feuer überflutete. Ihr angsterfüllter Schweißgeruch stieg Tiziana in die Nase. Sie stöhnte und keuchte, weinte und wimmerte gleichzeitig, wollte die entsetzlichen, harten Schwänze ausstoßen, wollte nur noch alleine sein. Nur weit weg von diesem Ort! Rotz und Wasser liefen ihr aus der Nase. Doch Tiziana di Biagini ließ nicht von ihr ab. Sie hatte tatsächlich nur auf diesen Augenblick gewartet, auf den finalen Orgasmus – die letzte große Eruption …

Und im selben Moment zog Tiziana die Klinge des Stiletts durch das helle Fleisch!

Ein rascher, sauber geführter Schnitt, der die Haut blitzschnell auseinander klaffen ließ. Hellrotes Blut schoss mit einem widerwärtigen, leise zischenden Laut aus der Wunde, tropfte aufs Kissen, auf die Laken – und Gaëlle, deren Glieder jetzt noch unkontrollierter zuckten, stieß grauenhaft klingende, feucht-blubbernde Geräusche aus. Schaumige Blutbläschen zerplatzten auf ihren Lippen, als Tiziana sie jetzt zwang, das ausströmende Blut aus ihrem aufgeschlitzten Unterarm zu trinken …

Sie hatte sich selbst verwundet, um im Augenblick der höchsten Ekstase ihr wallendes Lebenselixier mit Gwenaëlle de Villoncourt zu teilen! – Und die Bretonin schluckte und saugte instinktiv an Tizianas Arm, gab sich ganz dem barbarischen Rausch hin. Unwillkürlich begann sie nun selbst die Hüften zu bewegen, kaum dass sie das Klirren vernommen hatte, als Tiziana die furchteinflößende Waffe weit weg zu Boden warf. Die dadurch ausgelöste Erleichterung war so unglaublich groß, dass es die Intensität des Orgasmus um ein Vielfaches verlängerte und verstärkte. In immer neuen Wellen, die sich zu immer gewaltigerer Macht zusammenballten, rauschte die Lust über sie hinweg, umspülte sie von Kopf bis Fuß und hievte sie auf die höchsten Zinnen flirrender Ekstase ...

«Ja!», schrie Tiziana di Biagini auf, als Gaëlle wieder heftigere Stoßbewegungen machte und sich wie ein unersättlicher Blutegel an ihrem Arm festsaugte. «Ja! Mach weiter so! Hör nicht auf! Ich komme! – O Gott, ich komme! – Oaah ...!»

Dann brach auch Tiziana zuckend und stöhnend zusammen, starb den ‹kleinen Tod›, um zu neuem Leben aufzuerstehen ...

Erst als sie einige Zeit später den Lustgürtel wieder abschnallte, entdeckte Gwenaëlle, dass zwei Penisse derselben Größe und Länge auch an der Innenseite angebracht waren. Tizianas Mösen leuchteten ebenfalls rot und wund – und waren weit gedehnt ...

EROTIK

SM-HIGHLIGHT

Cosette
Sklavin in Gefahr
SM-Roman aus den Rocky Mountains
TB 13,5 x 21 cm, 152 Seiten
erschienen Oktober 2006
ISBN-10: 3-86608-048-4
ISBN-13: 978-3-86608-048-5
VK: 13,90 Euro

9 783866 080485

COSETTE: SKLAVIN IN GEFAHR

Die devote und stark masochistische Vicky fährt mit ihrem Herrn, Master Ty, in die verschneiten Rocky Mountains, um ihre Erziehung fortzuführen und Grenzen auszuloten. SM ist noch recht neu für die junge Frau, aber sie spürt schon früh, dass Demütigung und Schmerz sie erregen wie nichts zuvor.

Doch schon auf dem Weg in die abgelegene Hütte fragt Tylor sie über den mysteriösen Tod ihrer besten Freundin Clara aus, angeblich, damit Vicky sich ihm ganz öffnet, denn der unaufgeklärte Mord ist Vickys wunder Punkt. Tylor duldet keine Geheimnisse, doch versteckt er sich selbst hinter der Maske des Meisters.

Immer mehr Hinweise tauchen auf, dass Tylors Motiv für den Trip in die Berge nicht nur Vickys Erziehung ist ...

«Der erste Roman der jungen Autorin und gleich ein erotisches Meisterwerk! Tolle Szenarien, die jeden SM-Liebhaber begeistern werden.»

«Ein wahrer Leckerbissen erotischer Literatur der etwas anderen Art, der aber Lust macht auf mehr!» **gothicparadise.de**

DER SM-KLASSIKER

Cosette
Devot
Heiße Sammlung von SM-Erzählungen
TB 13,5 x 21 cm, 120 Seiten
erschienen 2005, 2. Auflage erhältlich
ISBN-10: 3-86608-022-0
ISBN-13: 978-3-86608-022-5
VK: 13,90 Euro

9 783866 080225

COSETTE: DEVOT

Cosette nimmt in ihrem ersten Buch kein Blatt vor den Mund, egal, ob sie ihre devot-masochistische Leidenschaft in lustvolle Geschichten oder tiefgründige Gedichte verpackt. Die Autorin nennt die Dinge beim Namen, taucht ein in die Faszination der Ekstase, die sich ihre Heldinnen erst durch Demut und Schmerz erarbeiten müssen. Es geht zur Sache, Schätzchen! Erbarmungslos treibt Cosette die Heldinnen durch die Hölle, um sie dann durch einen Höhenflug in den Himmel zu heben.

«Phantasievoll und ordentlich devot.» **lustwandel.de**

«Die Kurzgeschichten sind ein Genuss für Geist und Lenden – einfühlsam und authentisch.» **Schlagzeilen**

«Der Titel ist Programm!» **Dark Spy**

→ AMAZON TOP 30 / 2006
IN DER KATEGORIE EROTIK

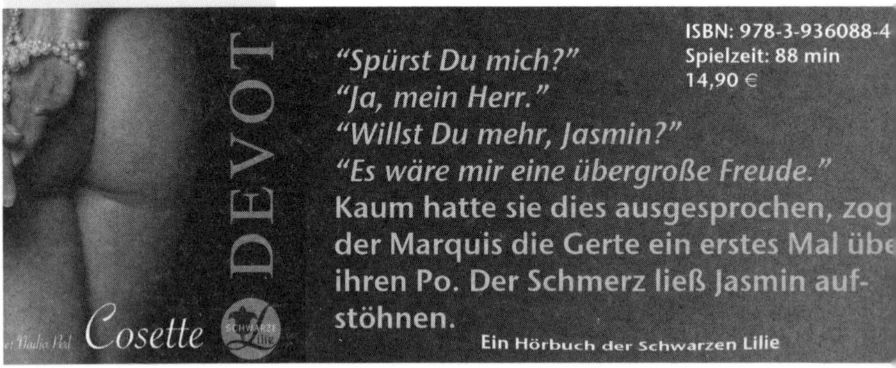

EROTIK

COSETTE: LUST

NEU IM PROGRAMM

Die Erforschung der Lust

Mayra Weir wohnt erst seit kurzem in San Francisco und sucht händeringend einen Job. Als Single greift sie immer wieder auf Erotikspielzeug zurück und wird bei einem ihrer Einkäufe von der sympathischen Leah Moning zur Teilnahme an einer Studie zur Erforschung der Lust überredet. Schon am nächsten Morgen erwacht Mayra in einem Institut und kann sich nicht einmal daran erinnern, wie sie an diesen seltsamen, abgeschotteten Ort gekommen ist. Die Türen sind verriegelt, vor den Fenstern befinden sich Gitter. Die Mitarbeit an dem Projekt hatte sich die Probantin anders vorgestellt ...

Die Sekte der Lust

Nachdem die Erforschung der Lust abgeschlossen ist, steht Miles Crows Assistentin Leah Moning auf der Straße. Ohne Job, dafür mittlerweile sexsüchtig geht sie zu einem Treffen der Anonymen Nymphomaninnen. Der Therapeut Benjamin Morse nimmt sie mit in das Therapiezentrum Eden. Dort wird die Methode praktiziert, dass man die Lust auf Sex irgendwann von selbst verliert, wenn man gezwungen wird, täglich mehrere Höhepunkte zu erleben.
Nur Leahs Sucht wird durch die Therapiestunden vergrößert, und die Patienten werden in mehr als in ihrer Entscheidung, ob sie Orgasmen haben wollen oder nicht, eingeschränkt. Ihr kommen Zweifel an der Institution und sie versucht, der Wahrheit auf den Grund zu gehen. Doch die Sekte der Lust hat ihre Augen überall.

Cosette
Lust
Zwei Erotiknovellen in einem Band – lustvoll!
TB 13,5 x 21 cm, 128 Seiten
1. Auflage ab Oktober 2007
ISBN-10: 3-86608-063-8
ISBN-13: 978-3-86608-063-8
VK: 13,90 Euro
9 783866 080638

«Auch außerhalb des SM-Bereichs ist Cosette ein Garant für lustvolle und gelungene Unterhaltung.»

«Macht an, macht heiß, macht Lust auf mehr!»

«Cosette ist eine großartige Autorin – authentisch und erregend sind ihre Geschichten!»

«Ein erotisches Gourmet-Menü mit zwei phänomenalen Hauptgängen.»

NEUHEIT
OKT | 07

X

Wer ist Cosette? Warum ein Pseudonym? Hier die Antwort der jungen Autorin: «Devot» war mein erster Versuch, mit meinen BDSM-Geschichten an die Öffentlichkeit zu gehen. Da war das Pseudonym ein Schutzmantel, das gebe ich zu – sozusagen erst mal vorsichtig herantasten. Zum Glück kam das Buch so gut an, es hätte aber auch anders sein können. Ich gebe ja auch ein bisschen von meiner Lustwelt preis. Das macht man nicht mal einfach so, zumindest ich nicht. Wenn ich mein Pseudonym lüften würde, gäbe es keinen Aufschrei oder so, ich bin ja nicht prominent. In diesem Fall zählt der Name nicht. Außerdem würde jede weitere Angabe zu meiner Person von dem ablenken, was mir wichtig ist: meine Geschichten!

KURZINFO

- Zu «Devot» ist das Hörbuch im Diderot-Verlag erschienen
- «Devot» fast 6 Monate Platz 1 der Amazon-Verkaufscharts für erotische Erzählungen
- «Sklavin in Gefahr» ist der erste Roman Cosettes
- Mehr als zwei Drittel der Leser sind Frauen!

WWW.COSETTE-ONLINE.DE

EROTIK

AKTUELLES GLANZLICHT

Arne Hoffmann
Dämonenprinz
Sexuelle Unterwerfung durch Hypnose
TB 13,5 x 21 cm, 152 Seiten
erschienen 2006
ISBN-10: 3-86608-010-7
ISBN-13: 978-3-86608-010-2
VK: 13,90 Euro

9 783866 080102

ARNE HOFFMANN: DÄMONENPRINZ

Der Show-Hypnotiseur Jeremiah hat es gelernt, mittels mentaler Techniken Frauen sexuell zu unterwerfen, und nutzt seine Kenntnisse schamlos für sich aus.
Durch ständiges Training und eifriges Forschen erweitert er seine Fähigkeiten mehr und mehr, bis sie alle Grenzen sprengen. So gelingt es ihm schließlich, sich wildfremder Frauen in Sekundenschnelle zu bemächtigen und sie ganz nach seinem Willen zu kontrollieren. Auch gegen gemeinste Demütigungen sind sie machtlos. Aber, wie sich bald zeigt, entwickeln sich Jeremiahs Talente nicht ohne einen gewissen Preis. Als sie weiter und weiter anwachsen, erhält Jeremiah die bizarre Warnung, dass sein hemmungsloses Vorgehen das Ende der Welt bedeuten könnte – eine Warnung, die er zunächst nicht sonderlich ernst nimmt ...

Hoffmann ist wohl einer der bekanntesten Autoren zum Thema SM in Deutschland. Mit seinem neuesten Roman beweist er wieder einmal, warum.

«Spannend und hocherotisch. Hier wird eine der wohl begehrtesten Phantasien schonungslos umgesetzt»

«Hoffmann beweist einmal mehr, dass er zu recht einer besten Autoren im Erotik-Genre ist!»

HEISSES TAGEBUCH

Véronique
Mein Weg zur Sklavin
SM-Tagebuch
TB 12 x 18 cm, 120 Seiten
bereits erhältlich
ISBN-10: 3-86608-021-2
ISBN-13: 978-3-86608-021-8
VK: 12,90 Euro

9 783866 080218

VÉRONIQUE: MEIN WEG ZUR SKLAVIN

Véronique ist Sklavin und das mit unterwürfiger Leidenschaft. Schon seit einigen Jahren berichtet sie im Internet von ihren Erlebnissen und lässt die Welt an ihrem Leben teilhaben.
Das Buch gibt den ersten Teil ihres Tagebuchs erstmals in gedruckter Form wieder und fasziniert mit einer schonungslos ehrlichen Darstellung.
Für Freunde von Rollenspielen und SM-Geschichten ist dieses Buch sicherlich eine Bereicherung der heimischen Bibliothek.

«Ein Tagebuch der Sünde. Unterhaltsam.» **Amazon Kundenrezension**

«Ein äußerst kurzweiliges und anregendes Lesevergnügen!» **Amazon Kundenrezension**

EROTIK

CONSTANZE O. WILD: HOCHZEIT DER SKLAVIN

HEISSER GEHT'S NICHT

Constanze berichtet uns in diesem Buch, wie sie ihrem Herren bedingungslosen Gehorsam schwört. War sie ihm bisher nur so weit gefolgt, wie sie es selbst für richtig hielt, macht sie ihm nun das Geschenk der absoluten Unterwerfung.
Doch bis ihr Meister schließlich einwilligt und mit Constanze die Sklavenhochzeit vollzieht, muss die arme Sklavin noch so manche Prüfung über sich ergehen lassen.
Und als sie in einer schwachen Minute ihrer besten Freundin von ihrem Sklavendasein berichtet, ahnt sie noch nicht, dass sie mehr als nur Erstaunen ernten wird.

Constanze O. Wilds neue Beichte lässt uns wieder teilhaben an ihrem Leben und Leiden als unterwürfige Sklavin. Ihre schonungslos offene und ehrliche Art gewährt dem Leser uneingeschränkt Einblick in die SM- und Fetisch-Szenarien dieser jungen Frau.

«Kein Blatt vor den Mund nehmen und sagen, wie es ist bzw. wie man empfindet ist Constanzes größte Stärke.» **Amazon Kundenrezension**

«Endlich das neue Werk von Constanze! Schonungslos, ehrlich und hemmungslos verdorben!»

«Dieses Tagebuch der Leiden macht Lust!»

Constanze O. Wild
Hochzeit der Sklavin
Ehrliches SM-Tagebuch
TB 12 x 18 cm, 128 Seiten
erschienen 2006
ISBN-10: 3-86608-049-2
ISBN-13: 978-3-86608-049-2
VK: 12,90 Euro

CONSTANZE O. WILD: DER DUNKLEN TUGEND

DIREKT & EHRLICH: SM PUR

Constanze O. Wilds Debüt ist eine der ehrlichsten Beichten sadomasochistischer Erlebnisse, die in Buchform erschienen sind. Mit einer entwaffnenden Offenheit gewährt sie dem Leser Einblicke in ihre Welt der Erniedrigung und des Schmerzes.
Mit den erotischen Szenen, die das Gros des Buches ausmachen, schafft sie es für sich, das Paradoxon aufzulösen, dass sie sich immer freier fühlt, je mehr Verantwortung sie in die Hände ihres Meisters legt.
Besonders bei der weiblichen Leserschaft hat sich eine große und treue Fanbasis gebildet, die mit zahlreichen E-Mails und Briefen eine Fortsetzung forderte.

«Mein Urteil, natürlich völlig weiblich, kurz, prägnant und unsensibel: Lesenswert!!!» **Jody von bd-ds-sm.de**

«Ungewöhnlich nachvollziehbar erzählt sie, dass sie, je mehr Verantwortung sie abgibt, sich umso freier fühlt. Eine nette Geschichte mit hübschen Details.» **Schlagzeilen**

«Constanze Wild versteht es ganz hervorragend, den Leser in ihren Bann zu ziehen, wenn sie engelsgleich von erlebten Schamlosigkeiten erzählt, vom geliebten Herrn, der sie über Grenzen und Peinlichkeiten zu ihrer wahren, tugendhaften – also devot hingebungsvollen – Form der liebenden und geliebten Sklavin führt.» **lustschmerz.de**

Constanze O. Wild
Der dunklen Tugend
Erster Teil des SM-Tagebuchs, bebildert
TB 12 x 18 cm, 110 Seiten
erschienen 2004, 3. Auflage erhältlich
ISBN-10: 3-935798-69-5
ISBN-13: 978-3-935798-69-3
VK: 12,90 Euro

X

Constanze O. Wild arbeitet bei einer Werbeagentur in Süddeutschland, wo sie auch ihren Mann kennen lernte, der sie in die Welt des SM einführte.
Aus der Idee, ihrem Herren ein Tagebuch zu widmen, wurde die erste Veröffentlichung geboren: «Der dunklen Tugend».
Gleichzeitig war es der erste erotische Titel bei Ubooks. Aus einem kleinen Achtungserfolg wurde schnell ein erotisches Highlight.
Nachdem zahlreiche – vor allem weibliche – Fans wissen wollten, wie es Constanze in der Zwischenzeit ergangen ist, verfasste die junge Sklavin ein zweites Buch.

KURZINFO

- Authentische SM-Tagebücher aus weiblicher Sicht
- Constanze O. Wild schreibt weiter; ein dritter Teil des Tagebuchs ist für 2008 geplant
- Constanze schreibt außerdem an erotischen Geschichten & Fetish-Märchen!

WWW.UBOOKS.DE

EROTIK

NEU – EROTIK-SACHBUCH

Arne Hoffmann
In Leder gebunden
Der Sadomasochismus in der Weltliteratur
Hardcover 13,5 x 21 cm, 460 Seiten
1. Auflage ab Juli 2007
ISBN-10: 3-86608-078-6
ISBN-13: 978-3-86608-078-2
VK: 24,95 Euro

9 783866 080782

NEUHEIT JUL / 07

ARNE HOFFMANN: IN LEDER GEBUNDEN

In diesem Werk unternimmt Arne Hoffmann den Versuch, Werke der Weltliteratur auf ihren sadomasochistischen Gehalt hin zu untersuchen. Wer dabei lediglich an Autoren wie de Sade oder die klassischen Erotika der Neuzeit denkt, der irrt gewaltig.
Hoffmann spannt den Bogen vom Mittelalter und dem Minnesang über die Romantik bis in die Neuzeit. Akribisch widmet er sich der Vielzahl von Texten und analysiert die jeweils dargestellten Szenarien.
Nachdem sich in den vergangenen Jahren eine schwule und lesbische Literaturwissenschaft entwickelt hat, die mittlerweile auch studiert werden kann, plädiert der Autor dafür, Literatur auch unter sadomasochistischen Aspekten zu betrachten.
SM-Tendenzen lassen sich dabei ohne Probleme vom Mittelalter bis in die Neuzeit erkennen. Exemplarisch zeigt Arne Hoffmann zum Beispiel an den Werken Goethes, Manns, und Wedekinds auf, wo die Vorliebe für Erniedrigung und das Zufügen von Schmerz zum Lustgewinn in der Weltliteratur überall zu Tage tritt.

Sein Buch ist nicht nur ein spannender neuer Einblick in die bekannten Klassiker, sondern auch ein wunderbares Nachschlagewerk für all diejenigen, die das Besondere in den bekannten Klassikern suchen.

Aus dem Inhalt:

- Goethe, E.T.A Hoffman & Heinrich Heine
- Emiliy Dickinson, William Blake & Baudelaire
- Romantik & Décadence
- Wedekind & Pryzybyzewski
- Mittelalter, Minnesänger & Renaissance
- Die dunkle Seite der Romantik
- De Sade, Sacher-Masoch und Bataille
- und vieles mehr

«Endlich ein umfassender Versuch, die sadomasochistischen Aspekte der Literatur ausführlich zu beleuchten! Ein lange überfälliges Werk voll spannender Informationen!»

«Interessant und unterhaltsam führt Hoffmann uns auf dem Weg des Leidens und der Lust durch die Epochen der Weltliteratur, vom Mittelalter bis in die Moderne und weiter!»

KURZINFO

- Erste umfassende Auseinandersetzung mit dem Sadomasochismus in der Weltliteratur!
- Sadomasochismus vom Mittelalter bis in die Gegenwart
- SM von Goethe über Rilke bis zu Heinrich Heine und Thomas Mann

WWW.ARNEHOFFMANN.COM

Arne Hoffmann, geboren 1969 in Wiesbaden, veröffentlichte nach einem Studium der Literaturwissenschaft viele Erzählungen und Sachbücher zum Thema erotische Unterwerfung.
Am bekanntesten wurden seine Kurzgeschichtensammlung 'Neue Leiden', sein 'Lexikon des Sadomasochismus', sein Ratgeber «Lustvolle Unterwerfung» und seine Romane «Fox» und «Gynopolis». Im Ubooks-Verlag ist 2006 der Roman «Dämonenprinz – Sexuelle Unterwerfung durch Hypnose» (Seite 34) erschienen.